Elora
im Tal der Elfen

Renate Schweitzer

Renate Schweitzer

Elora im Tal der Elfen

Bibliografische Information der Deutschen Nationalbibliothek

Die Deutsche Nationalbibliothek verzeichnet diese Publikation in der Deutschen Nationalbibliografie; detaillierte bibliografische Daten sind im Internet über http://dnb.d-nb.de abrufbar

1. Auflage
ISBN 9-783837-079982
© 2016 Deutsche Erstausgabe   Alle Rechte beim Autor
Nachdruck – auch auszugsweise – nicht gestattet.
Herstellung und Verlag: BoD – Books on Demand,
Norderstedt.
Autor: Renate Schweitzer
          Nelkenweg 14
          87634 Obergünzburg-Ebersbach
          Telefon 08372 / 923 7 924
          Email: elora.einhorn@yahoo.de

Titelbild:
© Roland Schamberger

Illustrationen:
© Roland Schamberger, Christine Mara Glösl, Mikiko Ponczeck

Inhalt

Vorwort und Dank

Diese Geschichte ist die Nachfolge-Geschichte zu „Elora, das regenbogenbunte Einhorn". Das erste Buch entstand aus einem Rollenspiel in einem Internetclub/Internetgruppe. Die Clubmitglieder kannten sich zum Großteil nicht persönlich, ein jeder, der einen Internetzugang hatte, konnte diesem Club beitreten. Somit sind die Autoren der ersten Geschichte über ganz Deutschland und sogar bis ins Ausland verteilt. Die Clubmitglieder spielten eine oder mehrere der vorkommenden Charaktere und Wesen, die sich jeder Teilnehmer selbst ausgedacht hat.
Ich habe den Grundstein der Story gelegt und später dann aus Hunderten von Einzelteilen die Geschichte im Zusammenhang geschrieben.

Ich danke all meinen treuen Internetfreunden, die damals an dieser wunderschönen Geschichte mitgewirkt haben, und ohne die dieses Märchen nie entstanden wäre.

Den zweiten Teil der Geschichte, „Elora im Tal der Elfen", habe ich dann Jahre später ohne das Mitwirken der ursprünglichen Mitautoren geschrieben.

Ich danke meinem Mann für Anregungen zu einigen Passagen und ich danke Roland Schamberger, der mir unentgeltlich die meisten der wunderschönen Illustrationen zu diesem Buch angefertigt hat. Außerdem danke ich Christine Mara Glösl, die mir das Bild von Lii zur Verfügung gestellt und mich damit zu einem weiteren Kapitel inspiriert hat.

Besondere Anmerkung: Zu den treuesten Fans von Elora gehört im echten Leben ein Mädchen aus Berlin, welches ebenfalls Elora heißt. Da sie am 6. Juni im gleichen Jahr geboren wurde wie Zentas Zwillinge, und sie vom Sternzeichen selbst ein Zwilling ist, ernenne ich sie hiermit offiziell zur Patin der beiden.

Treue Freunde

Bereits seit zwei vollen Tagen sind Elora, das Einhorn-Fohlen mit regenbogenbunter Mähne und Schweif, und ihre Freunde nun bereits unterwegs, um den Schlüssel zu suchen, den Elora unbedingt benötigt, um ihre große Aufgabe erfüllen zu können.

Der Herr der Finsternis möchte alle Einhörner vernichten, um so die Weltherrschaft zu erlangen. Denn Einhörner tragen das Gute in sich und solange es sie gibt, kann das Böse nicht regieren.

Mit Satu, ebenfalls ein Einhorn-Fohlen, allerdings mit rostroter Mähne und Schweif, und ihren übrigen Begleitern hatte sie seit ihrer Geburt vor 18 Monaten bereits viele Abenteuer bestanden, bis sie zuletzt im Tal der Kolibris davon erfuhr, dass gerade sie auserwählt sei, das Gute auf der Welt zu retten und den Herrn der Finsternis für immer unschädlich zu machen.

Viele wertvolle Freunde hatte sie bis dahin kennen gelernt. Da ist zum Beispiel Melvine die Zauberin, eine kleine, ziemlich mollige und leicht schusselige Menschen-Person mit einem weiten Rock, in dessen vielen Faltentaschen sie unsagbar viele nützliche Dinge unterbringen kann und in denen sie meist recht lange danach suchen muss.

Oder Ankhara, ebenfalls eine Zauberin. Mit ihren besonderen telepathischen Fähigkeiten kann sie über hunderte von Kilometern noch Gedanken-Kontakt zu anderen Personen aufnehmen und so wichtige Nachrichten empfangen.

Ankharas Begleiter, ihr Kater Osiris und die Katze Isis, sind keine gewöhnlichen Katzen. Auch sie verfügen über Zauberkräfte, können sprechen und sie sind schneller als jeder Gepard. Mit wenigen Sprüngen auf ihren weichen Katzenpfoten überwinden sie mehrere hundert Meter.

FEEnzauberin und Whoever sind zierliche kleine Elfen, die neben ihren vielen guten Fähigkeiten mit ihrem Glitzerpulver schöne Erlebnisse herbeizaubern können.

Whoever heißt eigentlich Lucky, aber sie darf ihren wahren Namen nicht außerhalb des Tales der Elfen verwenden. Und so kennen ihre Freunde sie nur unter dem Namen Whoever.

Fly ist eine Baumfee, größer als Elfen aber kleiner als übliche Feen. Sie schläft am liebsten hoch oben in der Astgabel eines Baumes, immer begleitet von ihrem Eichhörnchen Storm. Fly kann von allen am besten kombinieren, und so konnte schon manches Mal nur durch ihre Kombinationsgabe ein Rätsel gelöst werden, das die Freunde einen Schritt weiter brachte.

Mellock ist ein Kräutergnom, ein echter Freund, der ebenso wie alle ihre anderen Freunde sofort sein Leben opfern würde, um Eloras Leben zu retten. Er hat die besondere Gabe, selbst die seltensten Kräuter und Blüten aufzuspüren, wenn Melvine mal wieder eine Zutat für einen Zaubertrank benötigt.

Dann sind da noch Zenta und Conway, ebenfalls Einhörner, sehr viel älter als Elora und Satu, und mit einer sehr aufregenden Vergangenheit:
Zenta war vor vielen Jahren vom Herrn der Finsternis aufgespürt und mit einem Bann belegt worden. Seitdem musste sie als böse Zenturie, einem Pferd mit menschlichem Oberkörper, in einem Tal nahe dem Einhornwald leben. Mit dem Herzen eines Einhorns war es ihr eine Qual, Böses zu tun, und doch konnte sie nicht anders, denn der Zauber des Herrn der Finsternis war gründlich.

Zentas Bann konnte nur gebrochen werden, wenn Wesen mit reinem Herzen in ihr das Gute entdeckten. Elora und ihren treuen Freunden war dieses Wunder gelungen und seitdem ist Zenta wieder eine hübsche weiße Einhorn-Stute.

Conway war ursprünglich ebenfalls ein weißes Einhorn-Fohlen, ein hübscher kleiner Hengst. Seine Eltern waren aber bereits vom Herrn der Finsternis aufgespürt worden und sie wussten, dass sie und Conway nicht mehr lange zu leben hatten, wenn die böse Macht sie erst eingeholt hatte. Mit dem Fohlen kamen sie aber nur langsam voran und so griffen sie zu einer List, um wenigstens ihr Kind zu retten. Sie gaben ihm ein schwarzes Fell - gerade rechtzeitig, bevor der Herr der Finsternis sie beide tötete. Dieser erkannte in dem schwarzen Fohlen tatsächlich kein Einhorn und so überlebte Conway, den seine Freunde liebevoll Con nennen.

Macbeah ist eine total lustige Koboldin, sie hat immer gute Laune und mit ihren Scherzen sorgt sie stets für viel Gelächter. Bereits durch ihre witzige Erscheinung mit den unsagbar weiten Pluderhosen löst sie fröhliche Stimmung aus und wenn sie in der Nähe ist, bleibt kein Auge trocken. Immer muss man darauf gefasst sein, dass etwas total Verrücktes passiert. Durch diese besondere Fröhlichkeit konnte sie schon oft den Herzschlag der Anderen wieder auf Normalzustand senken, nachdem sie etwas Unheimliches oder Gefährliches erlebt hatten.

Ja und dann war da noch Iri, das grüne Drachenmädchen. Elora hatte Iri als winziges Drachenbaby kennen gelernt. Total tollpatschig war die Kleine und so was von niedlich! Innerhalb eines Jahres war sie zu einem stattlichen Drachen mit riesigen Flügeln heran gewachsen und nach einem gemeinsam bestandenen Abenteuer hatte sie sich von der Freunde-Gruppe getrennt, um mit einem anderen Drachen in ihre ursprüngliche Heimat zurück zu kehren, wo hoffentlich ein hübscher Drachen-Jüngling auf sie wartete.

Nun ist also ein Teil dieser Freunde zusammen mit Elora auf dem Weg in ein neues Abenteuer. Die Einhörner Zenta und Con können die Freunde diesmal nicht begleiten, da sie Nachwuchs erwarten. Daher entschlossen sie sich, im Tal der Kolibris zu bleiben, da sie sich und ihre Babys hier sicher fühlen.

Die Zauberin Ankhara mit ihren beiden Katzen und die Koboldin Macbeah boten sich sofort an, bei Con und Zenta zu bleiben und sie zu beschützen, während die Anderen nicht da sind.
So besteht die kleine Gruppe diesmal also nur aus Elora, Satu, Melvine, Fly, Storm, Mellock, Whoever und FEEnzauberin.

Elora war vor Ihrer Abreise noch einmal in den Krater mit den Felsenzeichnungen gegangen, um sich die Bilder genau einzuprägen. Denn diese zeigen verschlüsselt, wie es ihr gelingen kann, den Herrn der Finsternis zu besiegen. Melvines Vorschlag, die Bilder abzuzeichnen, wurde rasch wieder verworfen, denn die Bilder haben die sonderbare Eigenschaft, sich ständig zu verändern, sich anzupassen an die aktuelle Situation. Nur Elora wird in der Lage sein, mit ihrem inneren Auge diese Veränderungen zu sehen und diese zu deuten.

Sie ist das auserwählte Einhorn, nur ihr kann es gelingen, mit Hilfe Ihrer Freunde den Herrn der Finsternis für immer unschädlich zu machen. Dafür muss sie aber ins Tal der Elfen reisen. Obwohl dieses Tal gut geschützt liegt und nur von friedfertigen Wesen bewohnt wird, sagen ihr die Zeichnungen, dass sie gerade dort den Herrn der Finsternis treffen werden.

Nur an diesem Ort wird es ihr und ihren Freunden gelingen, den bösen Magier zu besiegen. Außerdem brauchen sie für ihr Vorhaben einen besonderen Schlüssel, den sie auf dem Weg in das Tal finden müssen. Ohne diesen Schlüssel wird ihr Vorhaben nicht gelingen.

Nun, am frühen Abend des zweiten Reisetages, schmerzen ihr die kleinen Hufe. Stetig war es einen steilen, steinigen Weg bergan gegangen. Loses Geröll hatte sie mehrfach stolpern lassen und die losen Brocken hatten ihr die Knöchel blutig geschlagen. Sie schaut sich um. Ihre Freunde sind dicht hinter ihr und alle sehen viel müder aus, als Elora es von ihren früheren Expeditionen gewohnt ist.

Daher schlägt sie vor, heute früher ihr Lager für die Nachtruhe aufzuschlagen. Sie haben gerade einen Felsvorsprung erreicht, der ihr als Lagerplatz geeignet erscheint. Er ist recht klein, aber wenn die Freunde eng zusammen rutschen, wird es sicher gehen.
Alle sind dankbar über Eloras Vorschlag, denn auch sie merken natürlich, dass irgendeine Energie hier dafür sorgt, dass sie weniger Elan haben als sonst.

Also nimmt die Zauberin Melvine ihren Zauberstab heraus und ruckzuck erscheint ein Tisch, der reichlich mit kräftigenden Speisen und Getränken gefüllt ist. Es ist eine von Melvines ganz besonders beliebten Begabungen, innerhalb von Sekunden und an jedem Ort eine Tafel mit den leckersten Speisen erscheinen zu lassen. Egal, welches Wesen auch gerade zu der Gruppe gehört und wie unterschiedlich die Ernährungsgewohnheiten der Teilnehmer auch sind, jeder wird etwas nach seinem Geschmack vorfinden.

Alle stärken sich und legen sich dann erschöpft zum Schlafen nieder. Melvine geht noch zu den beiden Einhorn-Kindern und wickelt ihre geschundenen Beinchen mit Tüchern ein, die sie mit einer heilenden Paste getränkt hat. Ja, das tut gut! Alle sinken an diesem frühen Abend in einen sehr tiefen und erholsamen Schlaf. Melvine hatte den Speisen vorsichtshalber noch eine kleine Zugabe beigemischt. Das kleine Fläschchen mit dem Schutzzauber hat sie immer bei sich.

Am nächsten Morgen fühlen sich alle wieder frisch und fit für die nächste Etappe. Die blutenden Stellen an den Einhorn-

Beinchen sind dank Melvines Zauberpaste verheilt und alle sind bestens gelaunt.

Der Blick von ihrem Lager in das unter ihnen liegende Tal nimmt ihnen fast den Atem. Wunderschön liegt es da, dünne Nebelschwaden steigen auf, in denen sich das Sonnenlicht bricht und es mit bunten Schillerfarben überzieht.

Irgendwo da unten sind Zenta und Con, die der Geburt ihrer Fohlen entgegen sehen. Elora freut sich mächtig, denn gleich zwei Einhorn-Fohlen werden hier das Licht der Welt erblicken und Gutes in die Welt tragen. Noch ist es der bösen Macht nicht gelungen, alle Einhörner auszurotten. Und was in ihrer Macht steht, will sie dazu beitragen, dass das auch so bleibt. Sie weiß aus der Vergangenheit, dass sie sich auf ihre Freunde verlassen kann und die besonderen Fähigkeiten jedes Einzelnen werden ihr dabei nützlich sein.

Heute werden sie nun den Gipfel des Gebirgszuges überqueren, der das Tal der Kolibris umschließt. Was erwartet sie drüben? Mindestens zwei Wochen Fußmarsch durch eine ihnen fremde Gegend liegen noch vor ihnen, bis sie den Fluss erreichen, in dem sie den Schlüssel zu finden hoffen.

Elora und die Freunde haben aber keine Ahnung, wonach sie überhaupt suchen müssen, denn der Schlüssel auf der Felsenzeichnung war nur eine symbolische Darstellung gewesen. Sie wissen lediglich, dass etwas in dem Fluss ihnen helfen wird, weitere Aufgaben zu lösen oder Antworten zu finden.

Der Spiegelzauber

Die Freunde kommen heute gut voran und bereits nach einer Stunde stehen sie auf dem Gipfel. Das Tal, das sich auf der anderen Seite vor ihnen auftut, hat keinerlei Ähnlichkeit mit dem, aus dem sie gerade hier herauf gestiegen sind. Dichter Nebel hängt weit unter ihnen über der Landschaft. So dicht, dass es aussieht, als wenn das ganze Tal mit Watte ausgefüllt sei. Aus dieser Watte stechen Hunderte nadelspitzer, kahler Felsen heraus. Nicht gerade einladend, diese Gegend. Kein Baum ist zu sehen, kein Vogel trällert sein Lied.

Die Freunde beschleicht ein recht ungemütliches Gefühl und am liebsten wären sie sofort umgekehrt. Aber Elora MUSS da hinunter, es gibt keine Wahl. Und natürlich lassen ihre Freunde sie nun nicht im Stich.

Stunde um Stunde klettern sie bergab. Gelegentlich begegnen sie seltsamen Tieren, die sie noch nie gesehen haben. Dieses merkwürdige Viech zum Beispiel, das eigentlich aussah wie ein Hase, aber den Kopf eines Krokodils hatte. Zum Glück hatte es mehr Angst vor ihnen als sie vor ihm. Und mit großen Haken verschwand es rasch hinter einer Felsennadel.

Und dann steht es plötzlich vor Ihnen. Wie aus dem Nichts taucht es aus dem Nebel auf, groß und furchterregend. Wütend faucht es die Freunde an. Schnelles Handeln ist nun gefragt. Die Freunde wissen nicht, welches Wesen sich da gerade vor ihnen aufbäumt, aber eines ist allen sofort klar: es ist gefährlich!

Auf mächtigen Hufen mit seltsam kurzen Beinen sitzt ein massiver Rumpf. Es sieht ähnlich aus wie ein zu groß geratenes Hängebauchschwein. Allerdings passt der Kopf nicht dazu. Dieses Monstrum hat gleich drei lange Hälse, die sich wie Schlangen winden. Und auf jedem dieser Hälse sitzt ein eiförmiger Kopf, auf dem rundherum sechs giftgrüne kugelrunde

Augen verteilt sind. Wo bei diesem Kopf vorne ist, erkennt man nur an dem langen sichelförmigen Schnabel.

Schon versucht das Viech, mit seinen Schnäbeln nach den Freunden zu greifen. Der kleinen Elfe FEEnzauberin fällt nichts Besseres ein, als über einen dieser Köpfe zu fliegen und ihr Glitzerpuder über ihm auszuschütten.

Immerhin verschafft diese Aktion den Freunden Spielraum. Denn das Glitzerpuder, das ja Glücksgefühle auslöst, verwirrt das Monster derartig, dass es erst mal von den Freunden ablässt. Mit seinen beiden anderen Köpfen betrachtet es verwundert diesen glitzernden Kopf, in dem sich ein Gefühl breit macht, das es nicht kennt.

Die Freunde nutzen diesen Augenblick, um sich schnell hinter einer Felsenspitze zu verstecken, wo Melvine einen unsichtbar machenden Zauber durchführt. Dieser hält jedoch nur eine halbe Stunde an. In dieser Zeit müssen sie genügend Vorsprung bekommen, um vor diesem Wesen in Sicherheit zu sein.

Durch den Unsichtbar-Zauber kann Melvine innerhalb der nächsten 30 Minuten keinen weiteren Zauber anwenden, zum Beispiel, um die Freunde schneller werden zu lassen. Also rennen oder fliegen sie so schnell sie nur können.

Tatsächlich gelingt es ihnen, einigen Vorsprung zu bekommen, aber das sonderbare Wesen hat inzwischen seine Verwirrung überwunden und ist nun sehr verärgert, dass die Fremden entkommen sind. Es nimmt die Verfolgung auf. Intuitiv spüren die Freunde, dass ihnen diese Kreatur folgt und sie nun sehr vorsichtig sein müssen. Sie müssen dieses Ungeheuer unbedingt loswerden.

Da hat Melvine eine Idee. In ihrem alten Zauberbuch hat sie einmal von einem Spiegelzauber gelesen, mit dem man das Spiegelbild eines Wesens erschaffen kann, welches völlig real wirkt. Sobald der Unsichtbar-Zauber seine Wirkung verliert, machen die Freunde eine kurze Rast, die Melvine nutzt, um in ihrem Zauberbuch, das sie wie alles Wichtige in einer ihrer vielen Rocktaschen bei sich trägt, nach diesem Zauberspruch zu suchen.

Nach kurzem Blättern, was den Freunden wie eine Ewigkeit vorkommt, findet sie den Spruch und erschafft rasch die Spiegelbilder von sich und allen anderen aus der Gruppe.

Dann schickt sie diese Spiegelbilder dem Monster entgegen. Sie selbst machen sich wieder auf den Weg, um nach dem Schlüssel zu suchen. Der Plan funktioniert.

Als die Spiegelbilder bei dem Monster auftauchen, spießt dieses eines nach dem anderen mit seinem spitzen Schnabel auf.

Es wundert sich zwar schon ein wenig, wieso es nun so leicht ist, diese Fremden zu erwischen und weshalb diese sich einfach wie Seifenblasen in Luft auflösen. Aber das Wesen ist nicht besonders intelligent, und so schöpft es keinen Verdacht und geht nun zufrieden zurück zu dem Platz, wo die Freunde ihm zuerst begegnet waren.

Hier legt es sich auf einen kleinen Wall aus spitzen Steinen und ruht sich aus. Es denkt noch eine Weile darüber nach, was für sonderbare Geschöpfe diese Fremden waren, die offenbar nur aus Luft bestanden und die man nicht fressen konnte. Aber da das Monster nicht nur ohne Intelligenz, sondern auch ziemlich faul ist, macht es sich keine weiteren Gedanken darüber und schläft erst einmal.

Eine neue Erfahrung für Melvine

Die Freunde gehen vorsichtig weiter talwärts durch diese Landschaft aus spitzen Felsen und dichtem Nebel, wohl wissend, dass hinter jeder Felsensäule wieder ein Wesen auftauchen kann. Und tatsächlich wartet bereits kurze Zeit später das nächste Abenteuer auf sie.

FEEnzauberin fliegt leicht erhöht und eine winzige Nasenlänge voraus zwischen den Felsenspitzen dahin, als sie an einen fast unsichtbaren Faden stößt, der zwischen die Spitzen gespannt ist. Im selben Moment schießt hinter einer der Säulen ein merkwürdiges kleines Wesen hervor.

Es ähnelt einer harmlosen Biene, aber die Flügel kreisen wie die Rotorblätter eines Hubschraubers und sind fünfmal so lang wie der eigentliche Körper des Wesens. Außerdem sind sie nicht so durchscheinend und zerbrechlich wie Bienenflügel. Diese Flügel sind sehr fest und hart, sie haben eine Sichelform und sind auch wie Sicheln einsetzbar. Was diese Flügel trifft, wird in tausend Einzelteile zerlegt.

Zudem befindet sich am Ende jedes dieser Flügel eine Art Ventil, aus dem das Wesen je nach Situation unterschiedliche Dinge abfeuern kann. Z.B. ist es dem Wesen möglich, eine giftige, sehr klebrige Substanz daraus abzuschießen. Es ist auch in der Lage, einen Feuerstrahl oder Blitze daraus abzufeuern. Am gefährlichsten sind aber die Fäden, die in Windeseile eine Art Netz entstehen lassen, mit dem es seine Beute gefangen hält. Allerdings sieht diese Kreatur ziemlich schlecht und kann so kleine Wesen wie die Elfe kaum erkennen.

FEEnzauberin hat daher gerade noch genügend Zeit, sich selbst in Sicherheit zu bringen. Leider reicht ihr die Zeit nicht, um die Freunde noch zu warnen und so gerät Melvine, die die Gruppe anführt, in das Netz des Wesens, bevor es ihr möglich ist, einen Schutzzauber auszusprechen.

Die übrigen Freunde bringen sich sofort hinter den Felsen in Sicherheit und das Wesen interessiert sich nicht im Geringsten für sie, es hat sie nicht bemerkt.

Melvine ist völlig verdutzt. Das hat es noch nie gegeben, dass sie selbst in Gefangenschaft geraten ist, ohne dass sie sich mit einem Zauber hätte befreien können. Aber diese Fäden, aus denen das Netz ist, haben lähmende Eigenschaften. Und die legen nicht nur Ihren Körper völlig lahm, sondern auch ihre geistigen Fähigkeiten.

Es ist eine ziemlich schlimme Situation, in der sie sich befindet, da ihre Freundin Ankhara nicht bei ihnen ist, die über ähnliche Zauberkräfte verfügt wie sie selbst.

Aus der restlichen Gruppe verfügt keiner über ausreichende Zauberkraft, um Melvine mit einem Zauber befreien zu können. So müssen die Freunde entsetzt zusehen, wie das kleine Wesen die Zauberin verschleppt.

Obwohl das fremde Wesen um ein Vielfaches kleiner ist als Melvine, folgt das Netz mit der Zauberin wie aus Geisterhand dem Wesen nach. Innerhalb von wenigen Sekunden sind beide dem Blickfeld der Übrigen entschwunden.

Niemand traut sich aus seinem Versteck heraus, um das Wesen aufzuhalten, da sie nicht wissen, welche Tricks das Geschöpf sonst noch auf Lager hat. Und es würde niemandem helfen, wenn weitere Personen in die Gefangenschaft des Viechs geraten oder gar getötet würden.

Inzwischen ist das Wesen, bei dem es sich um eine Sichelhummel handelt, mit seiner Beute in seinem Bau angekommen. Eigentlich ist es ein recht gemütliches Plätzchen: eine große Mulde, wo die Felsensäulen weiter auseinander stehen als die übrigen. In der Mulde wächst sogar etwas Gras und jede Menge Moos, was den Boden wie einen flauschigen Teppich wirken lässt.

Das Netz mit Melvine plumpst in das Moos. Die Hummel beginnt nun, das Netz von Melvine zu entfernen. Die Zauberkraft der Fäden hat bereits Melvines Geist gelähmt. Sie ist zwar bei Bewusstsein, aber sie nimmt alles nur noch wie in einem Traum wahr, unfähig, eigene Gedanken zu bilden.

Gerade, als die Hummel damit beginnen will, Melvine das Blut aus den Adern abzusaugen, bemerkt sie etwas neben Melvine im Moos. Als das Netz Melvine ins Moos plumpsen ließ, war ihr Zauberstock aus ihrer Rocktasche gefallen.

Die Sichelhummel erkennt sofort, dass ihr hier eine Zauberin ins Netz gegangen ist und sogleich ändern sich ihre Pläne. Was für ein glücklicher Zufall. Damit hatte sie nicht gerechnet. Bereits seit Jahren wartet sie auf diesen Moment. Sie wird diese fremde Zauberin zwingen, ihr ein paar wichtige Zaubersprüche und deren Anwendung beizubringen, bevor sie ihr das Blut absaugt.

Ein tolles Team

In der Zwischenzeit haben sich Elora und die Anderen von ihrem ersten Schock erholt und sind aus ihren Felsenverstecken wieder zusammen gekommen. Nun beraten sie, wie sie Melvine retten könnten.

Sie wissen sehr genau, dass ihnen Zauberkünste hier nicht weiter helfen werden, da niemand von ihnen über ausreichende Kräfte verfügt. Also muss eine Strategie zur Ablenkung des Räubers entwickelt werden.

Aber so sehr sie sich auch anstrengen, es fällt ihnen nichts Brauchbares ein. Sie machen sich allergrößte Sorgen, wie es Melvine wohl geht, ob sie überhaupt noch lebt. Sie ahnen ja nicht, dass die Hummel Melvine nicht sofort ausgesaugt hat.

Es wird bereits dunkel und sie haben noch keinen sicheren Lagerplatz und ohne Melvines Schutzglocke wird das auch eine sehr gefährliche Nacht. Sie beschließen daher, dass sie an Ort und Stelle bleiben und sich bei der Wache abwechseln wollen. Immer zwei sollen drei Stunden wach bleiben, während die anderen versuchen, zu schlafen.

Es ist sehr unheimlich in dieser Nacht und niemand von ihnen findet wirklich Schlaf. Überall hört man sehr merkwürdige Laute und in einiger Entfernung leuchtet es immer wieder seltsam auf. Dennoch verläuft die Nacht ohne weitere Zwischenfälle.

Mit dem ersten Morgenlicht versammeln sich alle wieder zur Beratung und beschließen, zuerst einmal zu erforschen, ob Melvine überhaupt noch befreit werden kann, ob sie noch lebt.

FEEnzauberin ist die Kleinste und Unauffälligste von ihnen und daher soll sie ein Stück in die Richtung fliegen, in die das Wesen mit Melvine verschwunden ist, in der Hoffnung, dass sie beide entdecken kann. Um dabei nicht wieder an einen dieser Fäden zu stoßen, fliegt sie ein Stück oberhalb der Felsenspitzen. Nach kurzer Zeit entdeckt sie Melvine auch in der Mulde. Sie liegt dort mit offenen Augen und schaut in den Himmel. Aber sie scheint FEEnzauberin nicht zu sehen, schaut förmlich durch sie hindurch.

Die Hummel sitzt unterdessen mit eingeklappten Sichelflügeln am Rand der Mulde und scheint noch zu schlafen. FEEnzauberin fliegt zu Melvine hinunter. Dabei behält sie die Hummel im Visier, um notfalls schnell wieder nach oben entwischen zu können, bevor die Hummel sie entdeckt.

Sie streut ein wenig ihres Glitzerpulvers über Melvines Kopf und da huscht ein leichtes Lächeln über Melvines Gesicht. Offenbar erkennt sie FEEnzauberin durchaus, ist aber nicht in der Lage, sich zu bewegen oder etwas zu sagen. FEEnzauberin bemerkt diese klitzekleine Reaktion und freut sich, den anderen kurze Zeit später berichten zu können, dass Melvine noch lebt.

Wieder beraten die Freunde, was man tun könnte, um Melvine zu befreien. Das Eichhörnchen Storm hat nach einiger Zeit die zündende Idee. „Elora, kannst du dich an die Felsenzeichnungen im Kolibri-Tal erinnern? War da vielleicht eine dabei, die uns Hinweise auf diese Situation geben könnte?"

„Ja natürlich, Storm, dass ich da nicht selbst drauf gekommen bin!" antwortet Elora. Sie konzentriert sich und lässt noch einmal die Zeichnungen an ihrem inneren Auge vorbei ziehen. Und tatsächlich gibt ihr eine dieser Zeichnungen einen brauchbaren Hinweis. Während sie noch in Gedanken diese Zeichnung betrachtet, verändert diese sich und ganz klar erkennt Elora nun, wie Melvine zu retten ist.

„Mellock, hier sind deine Kräuter gefragt", sagt sie nun zu dem Kräutergnom. „Wir müssen für Melvine einen ganz besonderen Tee kochen, den sie allerdings nicht trinken kann, da ihr Körper wie gelähmt ist. Es ist nötig, dass sie den Duft des

Tees einatmet, der ihre Lähmung außer Kraft setzt. Sie wird dann wieder in der Lage sein, zu zaubern und kann sich so dann selbst befreien. Das Schwierigste an dieser Aktion wird sein, den Dampf des Tees so dicht an Melvine heran zu bringen, dass sie diesen einatmen kann, ohne dass die Hummel dies bemerkt."

„Oh, das ist gar nicht so schwierig", antwortet Mellock. Ihr kennt ja alle meine kleinen Fläschchen, in denen ich meine Kräuter sammele. Obwohl diese so klitzeklein sind, fassen sie doch Unmengen an Kräutern. Genau dieses machen wir uns nun für den Tee zu Nutze. Und ich denke, für die Aufgabe, den Tee nahe an Melvine heran zu bringen, ist diesmal Storm am besten geeignet."

Alle geben Mellock Recht, das ist ein genialer Plan und weil Storm flink wie ein Wiesel ist, kann sie in Windeseile mit dem Fläschchen zu Melvine huschen, neben ihr das Fläschchen öffnen und blitzschnell unbemerkt wieder zu den anderen zurück flitzen.

Vorsichtig gehen die Baumfee Fly und Mellock ein paar trockene Zweige und Grasbüschel suchen, was sich als ziemlich schwierig heraus stellt, da hier so gut wie nichts wächst.
Aber kurze Zeit später lodert dennoch ein kleines Feuer, über dem Mellocks kleiner Kupferkessel hängt, den er stets in seiner riesigen Umhängetasche mit sich herum trägt.

Während Mellock und Fly das Brennmaterial suchen, machen sich die Elfen FEEnzauberin und Whoever mit einem von Mellocks Fläschchen auf die Suche nach Wasser. Hierbei kommt es ihnen zugute, dass es in der Nacht ziemlich feucht war und sich in den kleinen Vertiefungen in den Felsen winzige Wasserflächen gebildet haben. Sie sammeln Tropfen für Tropfen in das kleine Fläschchen und schütten diese dann in den Kupferkessel über dem Feuer.

Mellock hat inzwischen einige seiner mit Kräutern gefüllten Fläschchen aus dem Beutel hervor gekramt und schüttet nun äußerst konzentriert mal dieses und mal jenes Kräutlein in den Kessel. Es sieht aus, als wenn er dabei die Körner und Blättchen abzählt. Und tatsächlich macht er das auch, denn dieser Tee muss hundertprozentig funktionieren. Es darf ihm kein Fehler unterlaufen.

Schon bald steigt ein wohlriechender Dampf aus dem Kupfer-Kesselchen empor. Nachdem Mellock eine Weile in dem Kessel gerührt hat, füllt er den Tee behutsam in eines seiner Fläschchen und steckt rasch den Korken drauf, damit nichts von dem wertvollen Dampf verloren geht.

Nun ist Storms großer Moment gekommen. Ganz wohl ist es dem Eichhörnchen dabei nicht, denn es ist natürlich ziemlich gefährlich, sich der Sichelhummel zu nähern. Sie darf auf keinen Fall entdeckt werden. Aber wie jeder einzelne aus der Gruppe ist natürlich auch Storm bereit, jederzeit ihr Leben zu opfern, wenn damit das Leben eines Freundes gerettet werden kann oder es zur Erfüllung von Eloras großer Aufgabe beiträgt.

Leise, wie auf Watte, schleicht das Eichhörnchen in das Lager der Hummel. Diese ist inzwischen aufgewacht und hat damit begonnen, Vorbereitungen zu treffen, um Melvine die begehrten Zaubersprüche zu entlocken. Sehr beschäftigt wuselt sie in einer Ecke der Mulde umher, ohne Melvine dabei eines Blickes zu würdigen.

Das kommt Storm natürlich sehr entgegen und sie huscht rasch zu Melvine hin, öffnet den Korken des Fläschchens und steckt dieses Melvine in den Ausschnitt. Ebenso schnell, wie sie gekommen ist, huscht sie wieder davon, ohne dass sie von der Hummel entdeckt wird.

Voller Spannung beobachten die Freunde aus sicherer Entfernung, was weiter geschieht. Und der Plan funktioniert. Kaum dass Melvine die ersten Schwaden eingeatmet hat, löst sich ihre Lähmung und sie ist wieder Herrin ihrer Gedanken.

Blitzschnell erfasst sie die Situation, spricht einen Zauberspruch und ist im nächsten Augenblick unsichtbar.

Als FEEnzauberin dies sieht, flattert sie rasch zu ihr hinüber und zeigt ihr, wo die Freunde auf sie warten. FEEnzauberin kann Melvine zwar auch nicht mehr sehen, aber sie vertraut darauf, dass Melvine sie bemerkt, was auch so ist. Melvine steht rasch auf und eilt zu den Freunden hinüber, die sie glücklich in Empfang nehmen, nachdem sie sich wieder sichtbar gemacht hat.

Die Hummel ist so in ihre Arbeit vertieft, dass sie noch immer nicht das Verschwinden von Melvine bemerkt hat. Die Freunde sind längst ein gutes Stück von ihrem Lagerplatz entfernt, als sie den Verlust entdeckt und ziemlich wütend ist.

Eilig verlassen die Freunde nun diese schreckliche Gegend und gehen rasch talwärts. Diesmal ist es nochmal gut gegangen, aber wer weiß, welche Abenteuer hinter der nächsten Wegbiegung wieder auf sie warten.

Einigen merkwürdigen Geschöpfen begegnen sie auch an diesem Tag noch, aber alle sind zum Glück harmlos. Bereits am Abend haben sie die Talsohle erreicht, die demnach höher liegen muss, als das Kolibri-Tal.

Sylpharo

Für diese Nacht entschließt sich Melvine, eine Schutzglocke über ihnen zu errichten. Es ist durchaus möglich, dass es hier nachtaktive Kreaturen gibt, die ihnen gefährlich werden können. Diese Schutzglocke ist von außen nicht sichtbar und kann auch nicht durchschritten werden. So können Elora und alle anderen ruhig schlafen.

Als sie am anderen Morgen ausgeruht erwachen, hat sich der Nebel gelichtet und es ist längst nicht mehr so unfreundlich in diesem Tal. Sogar ein paar einzelne Sonnenstrahlen fallen zwischen den Felsenspitzen hindurch und zeichnen merkwürdige Schattenbilder.

Ein paar Meter von ihrer Schutzglocke entfernt sehen sie ein kleines, sonderbares Männlein auf einem Stein in der Sonne sitzen. Es ist höchstens 30 cm groß und ähnelt ein wenig einem Frosch. Seine Haut ist lederartig und mit vielen kleinen Pusteln übersät. Auch sein Gesicht ähnelt eher dem von einem Frosch, aber sonst wirkt alles recht menschlich. Es hat Arme und Beine wie ein Mensch, nur dass die Beine unverhältnismäßig lang und ziemlich dick sind.

Das Männlein trägt eine knallrote, ganz eng anliegende Hose und ein grünes Hemd mit einem gelben Kragen. Auf dem Kopf hat es einen braunen Hut mit einer großen Krempe und einer hübschen Bordüre, an der das Männlein verschiedene Dinge befestigt hat. Was das für Dinge sind, können die Freunde nicht erkennen. Alles sind Gegenstände, die ihnen völlig unbekannt sind und die aus Gold, Silber und Edelsteinen angefertigt sein müssen. Das Einzige, das den Freunden bekannt ist, ist die große flaumige Feder, die dazwischen steckt.

Noch wissen die Freunde nicht, wie sie dieses Wesen einstufen sollen. Ist es Freund oder Feind? Um das zu erfahren, müssen sie die Schutzglocke auflösen. Aber sie möchten das

Männlein ja nicht erschrecken. Wenn es gutartig ist, könnte es Angst bekommen und weglaufen.
Und wenn es bösartig ist, kann man nie wissen, was es für Fähigkeiten hat, die gefährlich für die Freunde werden könnten.
Das Männlein ahnt unterdessen nicht, dass sich gleich acht fremde Wesen so dicht in seiner Nähe aufhalten.

Mellock hat eine Idee und spricht Melvine darauf an: „Muss man die Schutzglocke eigentlich gleich komplett auflösen, oder ist es auch möglich, einen Durchlass wie eine Art Türe einzubauen, aus dem erst mal nur einer von uns nach draußen geht?"

Melvine sieht ihren Freund begeistert an. „Mellock, das ist die Lösung. Ich habe das noch nie ausprobiert, bin nie auf diese Idee gekommen. Aber warum sollte das nicht gehen?"
Sofort sagt sie einen Zauberspruch auf und in der Glocke, auf der Rückseite vom Männlein aus gesehen, entsteht eine Türe.

„Wer von uns sollte denn nun als erster diesem Wesen gegenüber treten?" fragt Fly. FEEnzauberin schlägt Elora vor. „Elora hat eine solch friedvolle Ausstrahlung, sie ist sicher am besten geeignet, den Kontakt herzustellen."

„Oh nein, falls das Wesen bösartig ist, wäre unsere ganze Mission gescheitert, wenn es Elora etwas antut", gibt Fly zu bedenken.
Auch Melvine und Mellock stimmen diesem Einwand zu. Die Freunde überlegen hin und her, ohne wirklich eine zufrieden stellende Lösung zu finden.

Nun meldet sich Storm zu Wort, die sich aus solchen Diskussionen sonst eigentlich heraus hält.
„Ich glaube, dass ich gehen sollte, ich bin hier wohl das unauffälligste Wesen. Wenn das Männlein gut ist, wird es sich vor mir nicht erschrecken, und wenn es böse ist, bin ich schnell wie ein Wiesel wieder in der Schutzglocke."

Dies scheint allen der bisher beste Vorschlag zu sein, so wollen sie es machen.

Storm verlässt also die Schutzglocke durch die Türe und nähert sich vorsichtig dem Männlein. Dieses hat inzwischen eine lange Pfeife im Mund und zieht genüsslich den Tabakrauch ein. Storm macht einen großen Bogen, um sich dem kleinen Mann von vorne nähern zu können.

Jetzt hat er sie gesehen und schaut erstaunt auf. Schnell bläst er zwei Rauchkringel in die Luft, die wohl seine Überraschung widerspiegeln. Unter der Schutzglocke halten alle den Atem an.

Aber der kleine Mann zeigt keine Angst und auch keine Feindseligkeit.

Storm macht ein paar weitere Schritte auf ihn zu und lächelt ihn freundlich an. Nun sagt der Mann etwas zu ihr und Storm ist überrascht, dass er die gleiche Sprache spricht, wie sie und ihre Freunde.

„Etwas wie Dich habe ich hier noch nie gesehen", sagt er. „Ich kenne hier im Tal jedes Wesen, du kannst also nicht von hier sein."

„Nein, bin ich nicht, ich bin Storm, ein Eichhörnchen. Und wer bist du?" Vorsichtshalber erwähnt Storm noch nichts von ihren Begleitern und ihrer Herkunft.

Ich bin Sylpharo, der Wandler. Wenn ich an Land bin, habe ich die Gestalt eines Mini-Menschen. Allerdings bin ich nicht wirklich gerne an Land. In der menschlichen Gestalt ist alles so beschwerlich. Und es ist zudem an Land sehr gefährlich. Mein wahres Zuhause ist ein Fluss, ca. 9 Tagesmärsche von hier entfernt. Dort bin ich in meinem Element und habe die Gestalt eines Frosches."

„Aber warum kommst du denn dann an Land und weshalb entfernst du dich so weit von deinem Zuhause?" fragt nun Storm. Sie ist inzwischen überzeugt, dass von dieser Person keine Gefahr ausgeht.

Sylpharo zieht nun wieder genüsslich an seiner Pfeife und erzählt Storm, dass er manchmal innere Botschaften empfängt, die ihn veranlassen, seinen Fluss zu verlassen.

Er ist ein Wesen, das vor Jahrtausenden von einem anderen Planeten auf die Erde geschickt worden war. Hier war es seine Aufgabe, von Zeit zu Zeit eine Mission zu erfüllen, dafür hatte er diese zwei verschiedenen Körperformen erhalten.
„Auf meinem ursprünglichen Planeten habe ich eine völlig andere Gestalt“, sagt er zu Storm und beschreibt ihr ein Wesen, das so fremdartig ist, dass es für Storm unmöglich ist, sich dieses Wesen vorzustellen.

„Vor ein paar Tagen erhielt ich erneut eine Botschaft, ich solle aufbrechen und hierher kommen. Was ich hier soll, weiß ich allerdings nicht. Aber meine Erfahrung sagt mir, dass du etwas damit zu tun hast. Du bist nicht von hier, das ist sicher kein Zufall.“

Nun fühlt Storm, dass es an der Zeit ist, diesem Männlein ihre Freunde vorzustellen und sie berichtet Sylpharo, dass sie nicht alleine hier ist. Als dieser hört, dass sie zwei Einhörner begleitet, bekommt er einen erfreuten Gesichtsausdruck. In einem seiner letzten Träume waren Einhörner vorgekommen, die er noch von seiner alten Heimat her kennt. Gibt es sie also auch auf diesem Planeten hier? Nun ahnt er, weshalb er mal wieder an Land geschickt wurde.

Storm flitzt rasch zu der Schutzglockentür zurück und berichtet in kurzen Worten, was sie in Erfahrung gebracht hat. Vorsichtshalber löst Melvine aber die Schutzglocke noch nicht auf, sondern alle Freunde verlassen diese durch die Türe.

Als Sylpharo Elora und Satu erblickt, kann er sich kaum noch halten vor Freude. So viele tausend Jahre ist es her, seit er ein lebendes Einhorn gesehen hat. Und nun stehen gleich zwei vor ihm. Ein unbeschreibliches Glücksgefühl überkommt diesen kleinen alten Mann.

Nachdem sich alle vorgestellt haben, bereitet Melvine mit Hilfe ihres Zauberstabes ein Frühstück für alle und sie laden Sylpharo natürlich auch dazu ein.

Nun erfahren sie auch, welch riesengroßer Gefahr sie gestern entkommen waren, was für einem bösartigen Geschöpf sie mit dem Spiegelzauber einen Streich gespielt hatten.

„Triodarios sind so ziemlich die gefährlichsten Wesen hier im Tal der Felsen", sagt Sylpharo. „Zum Glück gibt es nicht viele von ihnen und sie leben auf den Anhöhen, bis hier herunter ins Tal kommen sie nie."
Das ist wirklich eine gute Nachricht und die Freunde sind sehr erleichtert.

„Natürlich gibt es noch andere einigermaßen gefährliche Wesen hier, und vorsichtig muss man immer sein", sagt Sylpharo, aber wenn Ihr mit einem Triodario fertig geworden seid, dann kommt Ihr auch mit den anderen zurecht."

Als die Freunde ihm nun auch noch ihr Abenteuer mit der Sichelhummel erzählen, ist Sylpharo sich vollkommen sicher, dass seine Mission etwas mit dieser Gruppe Fremder zu tun hat.

Nach dem Frühstück brechen die Freunde auf und für Sylpharo ist es selbstverständlich, dass er sie begleitet. Auch die Freunde sind sich einig, dass diese Begegnung kein Zufall war, da Sylpharo genau in dem Fluss zu Hause ist, den sie suchen. Allerdings ist es noch ein weiter Weg bis dahin.

Ambria

Zwei Tage später erreichen sie eine Lichtung, wo keine Felsentürme in den Himmel ragen. Zum ersten Mal, seit sie in diesem Tal sind, sehen sie Gras und Bäume. Das Gras ist sogar üppig und die Bäume sind voller Blüten und Früchte. Seitlich liegt ein kleiner See, an dem eine hübsche, windschiefe Hütte steht. Große langbeinige Vögel waten am Ufer entlang.

Ein wenig erinnert dieses Bild Elora an die Wiese im Einhornwald, wo Melvines Hütte steht und wo sie geboren wurde. Zum ersten Mal überkommt Elora ein wenig Heimweh. Wie mag es wohl ihren Eltern gehen? Ob sie inzwischen vielleicht sogar ein Geschwisterchen hat?

Satu reißt ihre Freundin aus diesen Gedanken. „Schau, Elora, was für saftiges Gras, komm wir wollen gleich davon kosten, sicher schmeckt es ganz besonders lecker!"

Elora erinnert sich an das Kräutlein, das sie kurz nach ihrer Geburt in Melvines Garten stibitzt hatte und das irgendeinen unbeabsichtigten Zauber bei ihr ausgelöst hatte. Sie kann sich nicht mehr so genau erinnern, was er bewirkt hatte, aber sie erinnert sich noch gut an Melvines erschrecktes Schimpfen.

„Halt Satu, lass uns erst Melvine fragen, ob dieses Gras ungefährlich ist", bremst sie daher ihre Freundin. Melvine ist aber gerade damit beschäftigt die Schutzglocke für die bevorstehende Nacht zu errichten, daher untersucht der Kräutergnom Mellock das Gras. Er stößt einen erstaunten Pfiff aus, als er es in den Händen hält.

„Ich dachte, dieses Gras ist längst ausgestorben", murmelt er vor sich hin. Satu stupst ihn ungeduldig an. „Und, darf ich es nun fressen?"

Mellock schreckt aus seinen Gedanken hoch. „Was? Ach so, Satu, ja, du kannst es fressen. Es ist nicht gefährlich." Satu und Elora hüpfen begeistert mitten in die Wiese und tatsächlich schmeckt dieses Gras besonders lecker. Es hat einen leicht süßlichen Geschmack, fast so wie junge Karotten.

Mellock pflückt unterdessen ebenfalls von diesem Gras, als hinge sein Leben davon ab. Ganz glücklich sieht er dabei aus. Er trägt ein riesiges Büschel in die Schutzglocke, die von Melvine nun regelmäßig mit einer Türe ausgestattet wird. Drinnen rammt er zwei Äste in den Boden, die er draußen bei den Bäumen gefunden hat und bittet Melvine, ein Seil herbei zu zaubern. Dieses spannt er zwischen die beiden Äste und hängt daran ein Grashälmchen nach dem anderen zum Trocknen auf.

Melvine beobachtet ihn dabei und hat natürlich längst erkannt, dass es sich bei diesem Gras um Süßmiere handelt. Ein Gras, das als ausgestorben gilt und für viele der ganz alten Zauber benötigt wird.

Am nächsten Morgen sammelt Mellock die trockenen Halme ein und zerbröselt sie in Melvines Mörser zu feinem Mehl. Dann holt er ein klitzekleines Glasröhrchen aus seiner Hosentasche und obwohl dieses Röhrchen eigentlich viel zu klein für diese Pulvermenge ist, fasst es die gesamte Menge. Mellocks Kräuterröhrchen sind schon einzigartig und Melvine staunt immer wieder darüber.

Wie es Melvines Art ist, möchte sie natürlich die Bewohnerin der windschiefen Hütte gerne kennen lernen. Deshalb hatten die Freunde noch am Abend beschlossen, den nächsten Tag hier auf der Lichtung zu verbringen. Das gibt ihnen allen auch Gelegenheit, sich von den Strapazen der letzten Tage zu erholen.

Der Wandler Sylpharo kennt sich gut aus in diesem Tal und so kennt er natürlich auch die Bewohnerin der windschiefen Hütte auf dieser Wiese. Sie heißt Ambria, ist eine Mischung aus

Fee und Elfe, kann sich unsichtbar machen und zaubern wie eine Fee, hat aber Flügel wie Elfen und ihre Größe liegt mit ca. einem Meter ungefähr zwischen beiden Arten. Die Zauberkraft dieser Person ist stark und Melvine hofft im Stillen, von ihr ein paar neue Zaubersprüche zu lernen.

So machen sich Melvine und Sylpharo nach dem Frühstück auf den Weg zur Hütte. Die Baumfee Fly begleitet sie, denn sie vermutet eine gewisse Arten-Verwandtschaft zu dieser Person. Auch sie selbst ist ja eine Feen-Art und nur wenig größer als dieses Wesen. Was Sylpharo über Ambria erzählt hat, erinnert sie ein wenig an ihr eigenes Volk.

Zu dritt ziehen sie nun eine Spur durch das seltene Gras in Richtung Hütte. Als sie näher kommen, bemerken sie, dass das Wasser des Sees ungewöhnlich schimmert, und als sie den See erreicht haben, erkennen sie auch den Grund dafür.

Der Boden des Sees besteht aus wertvollen Kristallen, in denen sich das Sonnenlicht bricht. Das sieht aus, als wenn kleine Lämpchen wechselweise an- und ausgehen, was ein permanentes Wechselspiel der Farben verursacht. Es ist wirklich prächtig anzusehen.

Sylpharo erzählt Fly und Melvine, dass ein Teil der Werkzeuge, die in der Bordüre seines Hutes stecken, aus diesen Edelsteinen angefertigt sind. Aber obwohl Melvine ihn nun interessiert nach all diesen Dingen an seinem Hut fragt, verrät er ihr nicht, wofür sie sind oder was sie bewirken. Melvine wundert sich zwar darüber, bohrt aber nicht weiter nach.

Nun haben sie die Hütte erreicht und Sylpharo klopft an die Tür. Ambria öffnet und Melvine und Fly verschlägt es fast den Atem über die Schönheit dieses Wesens. Sie trägt ein langes Kleid mit einem weiten Rock aus knisterndem Stoff, übersät mit pastellfarbener Spitze. Ihre Flügel sind größer, als sie vermutet hatten und schillern regenbogenfarben in der Sonne. „Das wird Elora gefallen", denkt Melvine.

Ambrias Gesicht ist zartrosa und wird umrahmt von langen, pechschwarzen Haaren, die in großen Locken über ihre Schultern fallen bis hinunter zur Hüfte.
Ihre fast schwarzen Augen mit dem leichten Blauschimmer werden von unzähligen kleinen Lachfalten umrahmt. Ambria ist eine fröhliche und ausgesprochen angenehme Person.

„Ich dachte schon, Ihr kommt überhaupt nicht mehr", begrüßt sie die drei Ankömmlinge. „Ich hatte Euch schon gestern erwartet."
Melvine und Fly sehen Ambria verwirrt an. Sylpharo fängt an zu lachen und sagt: „ Eure Gesichter solltet ihr mal sehen, hatte ich Euch nicht gesagt, dass Ambria in die Zukunft sehen kann?"
„Nein, hattest du nicht", antwortet Fly. „Nun, dann wisst Ihr es jetzt."

Ambria beugt sich zu ihm hinunter, so dass er ihr einen freundschaftlichen Kuss auf die Wange drücken kann. Dann bittet sie die drei, auf der Bank vor der Hütte Platz zu nehmen und geht zurück ins Haus, um kurz darauf mit einem Tablett zurück zu kommen. „Ich weiß, Ihr habt eben gefrühstückt, aber eine gute Tasse Tee werdet Ihr sicher nicht ausschlagen."

„Tee geht immer", schmunzelt Melvine und lässt sich von Ambria eine Tasse einschenken. Hmm, selten hat sie besseren Tee getrunken. Sie fragt Ambria, aus welchen Kräutern er gemacht ist, und Ambria gibt ihr bereitwillig das Rezept. Die Zutaten sind aber recht spezifisch und viele davon wachsen nur in diesem Tal. Außerdem ist er mit dem Wasser des Sees vor der Hütte zubereitet, das besondere Eigenschaften hat. Melvine wird es daher nicht gelingen, außerhalb dieses Tals diesen Tee zuzubereiten. Schade.

Ambria weiß durch ihre hellsichtigen Fähigkeiten natürlich, welche Gedanken durch Melvines Kopf gehen. Sie weiß auch, weshalb die Freunde hier sind und freut sich, ein wenig dazu beitragen zu können, Eloras Mission zum Erfolg zu führen. Gerne fachsimpelt sie mit der Zauberin über verschiedene Zaubersprüche und am Ende dieses Vormittags hat Melvine ein paar wertvolle neue Sprüche in ihrem Zauberbuch notiert. Ambria weiß, dass Melvine mindestens zwei dieser Sprüche benötigen wird, wenn die Freunde am Fluss angekommen sind, in dem sie den Schlüssel für den Erfolg ihres Vorhabens finden werden.

Sie darf den Freunden nicht verraten, um was es sich dabei handelt, aber sie darf sie bei der Suche unterstützen und zu gegebener Gelegenheit ein paar hilfreiche Gedankenblitze an Elora oder Melvine senden.

Als sie sich von Melvine verabschiedet, drückt sie ihr noch ein kleines Fläschchen in die Hand, das Melvine gleich an Mellocks Kräuterröhrchen erinnert. Und tatsächlich ist es auch so etwas Ähnliches. Es enthält eine Flüssigkeit.

Ambria erklärt Melvine, dass sie Zuhause ihren Teekessel lediglich mit normalem Wasser füllen muss. „Ein Tropfen aus diesem Fläschchen macht aus dem Wasser dann den Tee, der dir bei mir so gut geschmeckt hat", sagt sie zu Melvine. Und keine Sorge, das Fläschchen wird niemals leer."

Melvine freut sich wie ein kleines Kind über dieses wunderbare Geschenk und drückt die neu gewonnene Freundin herzlich zum Abschied.

Vor der Schutzglocke am anderen Ende der Wiese toben unterdessen die Einhorn-Fohlen Satu und Elora im Gras umher. Der Kräutergnom Mellock sitzt auf einem Stein und raucht ein Pfeifchen. Der Wandler Sylpharo setzt sich zu ihm und packt ebenfalls seine Pfeife aus.

Die Elfchen Whoever und FEEnzauberin sind damit beschäftigt, sich gegenseitig die zarten Flügelchen zu polieren und das Eichhörnchen Storm hat es sich in der Astgabel eines der Bäume gemütlich gemacht und schläft.

Eine unbeschreibliche Idylle liegt über der Szenerie. Dieser Ruhetag tut allen wirklich gut.

Melvine holt ihren Zauberstab heraus und zaubert ihren geliebten Schaukelstuhl herbei. Sie setzt sich hinein und vertieft sich in die Seiten ihres Zauberbuches, um die neuen Zaubersprüche auswendig zu lernen. Man kann ja nie wissen, ob man sie nicht bald brauchen wird. Sie ahnt dabei noch nicht, wie rasch das sein wird.

Am nächsten Morgen löst Melvine die Schutzglocke auf und alle fühlen sich voller Tatendrang und fit für die nächste Etappe ihrer Reise. Schon seit einigen Stunden haben sie nun die Lichtung hinter sich gelassen und die Gegend ist wieder trist und gespickt mit diesen spitzen Felsensäulen. Aber immerhin scheint die Sonne, so ist es wenigstens nicht so unheimlich wie bei dem Nebel neulich.

Der Marajello

Der Weg schlängelt sich nun zwischen den Felszacken mal leicht abwärts und dann wieder ansteigend dahin. Es ist ziemlich anstrengend und ermüdend.

Die Freunde laufen still und sehr vorsichtig, denn hinter jeder Säule könnte Gefahr lauern. FEEnzauberin hatte vorgeschlagen, den Freunden wieder in einiger Höhe ein paar Meter voraus zu fliegen, um so auszukundschaften, ob es irgendwelche Wesen in der Nähe gibt. Dankbar hatten die Freunde diesen Vorschlag angenommen und so fühlen sie sich nicht ganz so unbehaglich.

Whoever leistet FEEnzauberin Gesellschaft, vier Augen sehen schließlich mehr als zwei und FEEnzauberin fühlt sich dadurch auch etwas sicherer.

Es gibt in diesem ungastlichen Tal zum Glück nicht sehr viele Lebewesen. So kommen Elora und die anderen recht gut voran, ohne besondere Zwischenfälle.

Bereits seit dem späten Nachmittag hält Melvine Ausschau nach einem geeigneten Lagerplatz, der hier zwischen den spitzen Felsensäulen nicht gerade einfach zu finden ist. Es ist schon eine ganze Weile dunkel und Elora und Satu haben mehrfach tiefe Seufzer hören lassen, weil ihnen die Beinchen wehtun. Daher ist es allerhöchste Zeit, als endlich ein kleiner Platz zwischen den Felsen auftaucht, der ideal scheint.

Es gibt sogar weiche Moose hier, die geradezu einladend wirken. Ohne Melvines Vorschlag abzuwarten, hier zu rasten, lassen sich Satu und Elora einfach fallen, wo sie gerade stehen und schlafen auch sofort ein. Melvine und Mellock werfen sich lächeln einen Blick zu. Ein warmes Gefühl durchströmt sie beide, so, wie es normalerweise Eltern verspüren, wenn sie ihren Kindern beim Schlafen zusehen.

Wie sehr sie diese beiden Einhörner lieben! Ohne zu zögern würde jeder von ihnen sein Leben für die beiden opfern, wohlwissend, dass es umgekehrt ebenso wäre.

Melvine nimmt ihren Zauberstock heraus und errichtet auf der moosbewachsenen Mulde eine Schutzglocke. Und weil es schon dunkel und wirklich gefährlich in dieser Gegend ist, wird die Tafel für das Abendessen heute innerhalb der Glocke errichtet.

Es ist ein wenig ungewohnt für Melvine, einen runden Tisch herbei zu zaubern und beim ersten Versuch liegt er, völlig mit den leckeren Speisen bedeckt, mit dem Beinen nach oben auf dem Untergrund. Das sieht wirklich lustig aus und das entstehende Gelächter fällt etwas lauter aus, als erwünscht. Dadurch werden Elora und Satu wieder wach.

Als sie den Grund für das Gelächter entdecken, springen sie wieder auf ihre doch eigentlich so müden Beinchen und können sich kaum halten vor Lachen. Diese Story werden sie später noch ihren zukünftigen Kindern erzählen.

Beim zweiten Versuch gelingt es Melvine und der Tisch steht richtig herum, bedeckt mit vielen leckeren Dingen. Da sie nun schon mal wach sind, futtern Satu und Elora auch ein paar zarte Karotten.

Es dauert nicht lange und es kehrt Ruhe ein in der Schutzglocke. Was niemand von ihnen mitbekommt ist, dass diese moosige Kuhle eigentlich der Schlafplatz eines anderen Wesens ist. Als es in der Dunkelheit zu seinem Platz kommt und es sich darauf gemütlich machen will, schlägt es sich an der Schutzglocke den Kopf an.

Völlig verdutzt steht es nun da und kann es nicht fassen. Jeder Versuch, einen Schritt auf den Platz zu machen, endet mit einer erneuten Beule am Kopf. Es ist dem Wesen unmöglich, den Platz zu betreten, obwohl keinerlei Hindernis erkennbar ist.

Natürlich ist es auch nicht möglich für das Wesen, den Grund dafür zu erkennen, da die Schutzglocke und alle Personen darin ja unsichtbar sind.

Bei dem Wesen handelt es sich um einen Marajello, ein gutartiges Geschöpf, ungefähr in der Größe eines Elefantenbabys. Es hat einen massigen Rumpf, aber sehr kurze Beine. Auch der Rüssel, den es am Kopf hat, ähnelt sehr dem eines Elefanten, ist aber sehr viel länger. Damit es sich beim Laufen nicht selber auf den Rüssel tritt, wickelt es diesen mehrmals wie einen Schal um den Kopf, was ziemlich lustig aussieht.

Den überlangen Rüssel braucht ein Marajello, um auf den Spitzen der Felsenzacken seine Nahrung zu pflücken. Er ernährt sich ausschließlich von einer Flechtenart, die nur auf den obersten Spitzen der Felszacken wächst. Kaum zu glauben, dass diese kleinen Pflänzchen in der Lage sind, solch ein kräftiges Tier zu ernähren.

Aber diese Flechten sind wirklich ungewöhnlich. Sie enthalten einen Wirkstoff, der in keiner anderen Pflanze vorkommt und von dem weder Melvine noch Mellock jemals gehört haben.

Nachdem der Marajello sich mindestens 20 Mal den Kopf gestoßen hat, gibt er auf. Er ist sehr unglücklich und versteht die Welt nicht mehr. Er beginnt nun, die Schutzglocke zu umrunden, eine Runde nach der anderen dreht er, immer in der Hoffnung, doch noch seinen Schlafplatz betreten zu können.

Mit der Zeit entsteht ein kleiner Graben am Fuß der Schutzglocke, da der Marajello sehr schwer ist. Nach unzähligen Runden, die Nacht ist bereits weit fortgeschritten, gibt er auf und legt sich in einiger Entfernung zwischen die Felsenspitzen. Es ist nicht sehr gemütlich dort, aber er ist inzwischen von all den vielen Runden so müde, dass er trotzdem bald einschläft.

Am anderen Morgen scheint wieder die Sonne und bereits mit den ersten Strahlen wachen Elora und Satu auf. Sie haben wunderbar geschlafen auf dem weichen Moos und sind voller Tatendrang. Aber natürlich sind sie vernünftig genug, zu warten, bis auch Melvine wach wird, bevor sie durch die Türe die Schutzglocke verlassen.

Nachdem Melvine sich vergewissert hat, dass außerhalb keine Gefahr droht, erlaubt sie den beiden, nach draußen zu gehen. Elora ist total übermütig und stürmt voran, kaum dass sich die Türe der Schutzglocke öffnet. In ihrem Übereifer bemerkt sie den kleinen Graben nicht, den der Marajello in der Nacht getrampelt hat. Und als sie nun so stürmisch aus der Türe springt, fällt sie der Länge nach hin.

Rasch rappelt sie sich wieder auf und huscht entsetzt zurück in die Schutzglocke. Alle rätseln nun, wie dieser Graben entstanden sein könnte, der ja gestern Abend noch nicht da war. Natürlich vermuten sie sofort, dass ein Lebewesen diesen Graben getrampelt haben muss. Aber ist es etwas Friedliches oder etwas Böses?

Noch ehe sie dazu kommen, darüber zu diskutieren, entdecken sie den Marajello, der inzwischen auch aufgewacht ist und sich nun bei Tageslicht nochmal anschauen will, was ihn daran gehindert hat, seinen Schlafplatz zu betreten. Er kann beim besten Willen kein Hindernis erkennen und versucht es noch einmal vorsichtig. Aber nein, wieder schlägt er sich den Kopf an irgendetwas Unsichtbarem an.

Da steht er nun völlig verzweifelt, wickelt seinen Rüssel ab und gibt einen lauten Schrei von sich. Dann dreht er sich um, wendet sich einer Felsenspitze zu und pflückt sich einige Flechten zum Frühstück. Innerhalb der Glocke beobachten die Freunde dieses Schauspiel mit angehaltenem Atem.

Flechten-Ernte

Melvine wünscht sich wieder einmal sehr, dass ihre Freundin Ankhara hier bei ihnen wäre. Mit ihren hellseherischen Fähigkeiten könnte sie sehr schnell herausfinden, ob von diesem Wesen eine Gefahr ausgeht.

In ihrer Hütte ist Ambria unterdessen dabei, sich ihren Frühstückstee zuzubereiten, als ihr Blick eher zufällig auf ihre Kristallkugel fällt. Sie sieht die Schutzglocke mit den Freunden und außerhalb den Marajello und ihr ist sofort klar, dass ihre Freunde Hilfe brauchen.

Sie schickt Melvine einen Gedankenblitz mit der Information, dass dieses Wesen völlig ungefährlich ist. Außerdem schickt sie ihr auch noch das Wissen über den Grund, weshalb der Rüssel dieses Tieres so lang ist und dass diese Flechten da oben auf den Felsenspitzen eine stark heilende und energieaufbauende Wirkung haben.

Mit diesem wertvollen Wissen ausgestattet, verlassen die Freunde nun die Glocke und gehen dem Marajello entgegen. Dieser staunt nicht schlecht, als plötzlich wie aus dem Nichts einer nach dem anderen die Schutzglocke verlässt und auf ihn zukommt. So etwas Merkwürdiges hat er noch nie erlebt und er überlegt kurz, ob er die Flucht ergreifen soll. Dann entdeckt er aber die beiden Einhörner und weiß sofort, dass von dieser Gruppe keine Gefahr ausgehen kann.

Er hat schon oft von den Mythen über diese Wesen gehört, gesehen hat er noch nie eines und auch nicht ernsthaft daran geglaubt, dass es sie wirklich gibt. Vor lauter Überraschung vergisst er, dass sein Rüssel noch damit beschäftigt ist, Flechten zu ernten und so plumpst dieser wie eine Ziehharmonika vor ihm auf den Boden. Oh, das tut weh.

Schon ist Elora neben ihm und tröstet ihn mit ihrer freundlichsten Stimme. Sie erzählt ihm, weshalb sie hier sind und warum er in der Nacht seinen Schlafplatz nicht betreten konnte. Storm wickelt ihren langen buschigen Schwanz um seinen Rüssel und die Wärme lindert sofort seinen Schmerz.

Nachdem sich alle vorgestellt haben, löst Melvine die Schutzglocke auf und errichtet auf dem Moosplatz nun ihren Frühstückstisch. Nach dem gemeinsamen Frühstück fragt Mellock, ob der Marajello ihm dabei behilflich sein könnte, einige dieser wertvollen Flechten für ihn zu ernten. Der Marajello, der Ugara heißt, freut sich sehr, einem Freund von echten Einhörnern helfen zu können.

So ist er kurze Zeit später eifrig damit beschäftigt, die umliegenden Felsenspitzen mit seinem langen Rüssel abzugrasen und die Pflänzchen zu Mellock auf den Moosplatz zu bringen. Er bringt ihm nur die kräftigsten Pflanzen, die bereits ihre volle Wirksamkeit haben und Mellock zerreibt sie in seinem Mörser zu feinem Mus, das er dann in seine kleinen Röhrchen füllt.

Ugara erklärt ihm noch, wofür und wie man es anwenden kann, wie lange die Wirkung anhält und was es sonst noch über die Flechten zu wissen gibt. Es ist bereits später Vormittag, als die Freunde aufbrechen, um dem Tal der Elfen wieder ein Stück näher zu kommen.

Ugara gibt ihnen noch ein paar wichtige Ratschläge mit auf den Weg, wo sie besser nicht entlang gehen sollten, weil es dort von bösartigen Wesen nur so wimmelt. Mit all diesem Wissen ausgestattet, setzen sie nun ihren Weg fort. Ugaras Ratschläge erweisen sich als wirklich wertvoll, denn ohne seine Hinweise hätten die Freunde ganz sicher den Weg durch das gefährliche Gebiet genommen.

So kommen sie ohne Zwischenfälle gut voran.

Die Wahrheitsdroge

Die Sonne wirft inzwischen schon lange Schatten und Melvine hält bereits seit einer halben Stunde Ausschau nach einer geeigneten Stelle, wo sie für die Nacht eine Schutzglocke aufbauen könnte. Es ist aber schwierig, da die Felsenspitzen hier ziemlich dicht stehen.

Wie bereits am Vortag fliegen FEEnzauberin und Whoever wieder in einiger Höhe voraus, um auszukundschaften, ob irgendeine Gefahr hinter dem nächsten Felsen lauert.

Plötzlich flattern sie aufgeregt vor Melvines Nase herum. Sofort bleiben alle stehen und halten den Atem an, denn sie ahnen sofort, dass die kleinen Elfchen etwas entdeckt haben, was gefährlich sein könnte.

FEEnzauberin fliegt zu Melvines Ohr hin und flüstert ihr etwas zu. Sofort nimmt Melvine ihren Zauberstab, den sie vorsichtshalber nicht in ihren Rocktaschen hatte, sondern über die ganze Strecke in der Hand behielt, und macht sie mit einer schwungvollen Handbewegung erst einmal alle unsichtbar. Das verschafft ihr Zeit, um nach einem geeigneten Zauber zu suchen.

Der Unsichtbar-Zauber verhindert zwar, dass Melvine, während sie unsichtbar ist, einen anderen Zauber durchführen kann. Aber durch diesen Zauber unsichtbare Personen können sich untereinander trotzdem sehen und sich auch unterhalten, ohne dass andere Geschöpfe die Stimmen hören können.

So erzählen die beiden Elfen, was sie entdeckt haben. Einige Meter voraus ist eine große Höhle zwischen den Felsensäulen und in dieser Höhle wohnt ein Drache, der keinerlei Ähnlichkeit mit ihrer Drachenfreundin Iri hat. Er ist sehr viel kleiner, hat eine rote Haut mit vielen braunen, hügeligen Flecken, aus denen kleine Haarbüschel wachsen. Er hat sehr kleine Flügel, aber einen riesigen Kopf, dessen Maul übersät ist mit mehreren

Reihen scharfer Zähne. Aus seinen Nasenlöchern steigt permanent bräunlich-grüner Rauch auf, der sehr seltsam stinkt, nicht wie normaler Rauch, der durch Feuer entsteht. Er hat nicht wie andere Drachen vier, sondern sechs Beine. Zwei davon, die vorderen, haben längere Krallen als die anderen, mit scharfen Zackenkanten, die wie Scheren benutzt werden können.

Sylpharo weiß bei dieser Beschreibung sofort, dass es ein Knorpel-Drache ist, wirklich sehr böse und gefährlich.

Während Melvine überlegt, dass ihnen die halbe Stunde, die der Unsichtbar-Zauber anhält, ja ausreichen sollte, um unbemerkt an dieser Kreatur vorbei zu kommen, hat sie plötzlich einen Geistesblitz. Der sonderbar riechende Rauch aus der Drachennase hat eine besondere Eigenschaft. Er funktioniert wie eine Wahrheitsdroge und sie weiß plötzlich, dass sie diese Droge brauchen werden.

Sie ahnt, dass Ambria ihr diesen Geistesblitz geschickt hat und ist der Freundin dankbar dafür. Allerdings hat sie nicht die geringste Idee, wie sie an diese Droge heran kommen sollen, ohne von der Kreatur entdeckt und gefressen zu werden.

Sie erzählt den anderen von dieser Botschaft und alle grübeln darüber nach, wie sie sich diesem Monster nähern sollen und vor allem, wie sie seinen Rauch einfangen können, um ihn mitzunehmen.

Schon sind 25 Minuten vergangen und bald werden sie wieder sichtbar und auch hörbar sein. Die Zeit drängt. Da fällt Melvine einer der neuen Zaubersprüche ein, die sie von Ambria gelernt hat. Der scheint genau richtig zu sein für dieses Problem.

Als wenige Minuten später die Freunde wieder sichtbar werden, nimmt Melvine sofort ihren Zauberstab und lässt ein kleines Feuer in einem Steinkreis entstehen, über dem an einer Astgabel ein kleiner Kessel mit Wasser hängt. Dann bittet sie Mellock um das Röhrchen mit der Süßmiere, die er auf der

Lichtung gesammelt hat, und gibt etwas von dem Pulver in das Wasser. Nun murmelt sie den neuen Zauberspruch und innerhalb von Sekunden färbt sich das Wasser lila.

Noch hat sie der Drache nicht bemerkt, da noch ein paar Felsensäulen zwischen ihm und den Freunden stehen. Aber einer von ihnen muss sich nun dem Monster nähern, um den Rauch einzufangen. Und anschließend müssen ja auch noch alle an ihm vorbei. Daher muss der Drache unbedingt diese lila Zauberflüssigkeit trinken. Die wird ihn für eine Stunde in einen rauschartigen Zustand versetzen, in dem er nicht mehr wahrnimmt, was um ihn herum geschieht. Aber wie bekommen die Freunde den Drachen dazu, dass er das Zauberwasser trinkt?

Fly hat eine geniale Idee. Sie erinnert sich an die kleinen Wesen in ihrer Heimat, die nur etwas größer als Tennisbälle sind, ebenso rund, aber mit langem zotteligem Fell. Da sie ringsherum winzig kleine Beine haben, sieht es so aus, als wenn sie rollen, wenn sie sich fortbewegen.

Schnell erzählt Fly Melvine ihren Plan: „Du könntest doch solch eine Kugel mit Deinem Zauberstab erschaffen. Natürlich keine lebende, sondern eine, die ein Gefäß ist, in dem die lila Zauberflüssigkeit enthalten ist. Dann lassen wir sie zum Drachen rollen und wenn du ihr noch ein wenig Fleischduft gibst, wird der Drache sie komplett herunter schlingen.“

Melvine ist begeistert, diese Idee könnte funktionieren. Also nimmt sie erneut ihren Zauberstab und kurz darauf rollt ein felliges Bündel dem Drachen entgegen. Als dieser die Kugel auf sich zurollen sieht, kann er es kaum glauben. „Was fällt diesem Winzling ein, weiß der nicht, wer ich bin?“ schimpft er böse vor sich hin und stößt der Kugel eine Flamme aus seinem Drachenmaul entgegen, die daraufhin lichterloh zu brennen anfängt.

Das hatte Melvine nicht einkalkuliert und die Freunde sehen ihren schönen Plan schon scheitern. Aber das Feuer

verstärkt den Fleischduft, den Melvine der Kugel gegeben hatte und dieser kriecht nun dem Drachen in die Nase.
„Oh, das scheint ja ein besonderer Leckerbissen zu sein", denkt er und mit einem Happs verschlingt er die Kugel.

Melvine und die Freunde sind sehr erleichtert. Nun dauert es nur noch ein paar Minuten, bis der Drache in den Rausch fällt und sie seinen Rauch einfangen können.

Die Zauberdroge leistet gute Arbeit. Tatsächlich fällt der Drache nur wenige Minuten später um und brummelt unverständliche Laute vor sich hin. Er ist plötzlich so müde, ob das von dieser seltsamen Kugel kommt? Dann rollt er sich zusammen, legt den Kopf auf seine Pfoten und schläft ein.

Rasch geht Mellock zu ihm hinüber, öffnet eines seiner Kräuterröhrchen und hält es über ein Nasenloch des Drachen, aus dem nach wie vor dieser seltsam stinkende Rauch aufsteigt. Mellock versucht, so wenig wie möglich von dem Rauch einzuatmen. Aber er kann es nicht ganz verhindern und merkt sehr rasch, dass der Rauch in ihm etwas bewirkt. Er beeilt sich, möglichst viel von dem Rauch in seinem Röhrchen einzufangen, dann schließt er den Deckel und ruft die anderen, die nun eilig an dem Drachen vorbei gehen.

Sie haben nun noch knapp eine Stunde, die sie nutzen müssen, um einen großen Abstand zu dem Drachen zu gewinnen. Denn sobald der Drache aus seinem Rausch erwacht, wird er durch seinen Rauch, der ja eine Wahrheitsdroge ist, sofort wissen, was geschehen ist.

Die Freunde laufen so schnell sie können. Melvine benutzt ausnahmsweise ihren Flugbesen. Mellock und Sylpharo sitzen auf dem Rücken der beiden Einhörner, die in wildem Galopp durch das inzwischen nächtliche Tal rasen. Die Elfen haben keinerlei Probleme, mit ihren kleinen Flügeln das Tempo zu halten, sie sind wahre Flugkünstler. Und Storm hat sich wie ein Schal um Flys Hals gelegt.

Als der Knorpel-Drache erwacht, haben die Freunde bereits einen großen Abstand. Der Drache erkennt sofort, was geschehen ist und auch, dass die Freunde bereits viel zu weit weg sind, um sie zu verfolgen. Wütend speit er einige Feuerfontänen in den dunklen Himmel und kann es nicht fassen, dass er überlistet wurde.

In weiter Ferne sehen die Freunde den Feuerschein und ahnen, dass der Drache wieder erwacht und sehr wütend ist.

Alle sind sehr müde. Der Tag war lang und die wilde Flucht vor dem Drachen hat sie geschwächt. Die Fohlen sind es nicht gewöhnt, Reiter zu tragen, nun tut ihnen der Rücken weh.

Melvine schaut sich um, aber zwischen den Felsensäulen ist zu wenig Platz, um eine Schutzglocke für alle zu errichten. Daher entschließt sie sich, die Freunde in dieser Nacht in kleinen Gruppen schlafen zu lassen. Sie lässt drei kleine Schutzglocken entstehen. Die erste bietet Platz für Sylpharo, Fly und Storm. In der zweiten Glocke kommen Satu, Whoever und Mellock unter und die dritte ist für sie selbst, Elora und FEEnzauberin.

Erschöpft legen sich nun alle zum Schlafen nieder und es ist bereits später Vormittag, als Elora am nächsten Tag mit großem Hunger erwacht. Sie weckt Melvine, die es kaum glauben kann, dass sie so lange geschlafen hat. Normalerweise reichen ihr sechs Stunden.
Auch die übrigen Freunde erwachen nun einer nach dem anderen, als ob ein unsichtbarer Wecker geläutet hätte.

Beim Frühstück unterhalten sie sich über die Ereignisse des voran gegangenen Tages und Mellock prüft schnell sein Röhrchen mit dem Drachenrauch. Ja, es ist schön voll, das wird lange reichen, egal, wofür sie es brauchen werden.

Mellock spürt immer noch die Wirkung der Wahrheitsdroge. Zum Glück ist er hier unter Freunden, denen er nichts verheimlichen muss, so dass die Droge nutzlos ist. Aber Mellock fällt auf, dass sie sehr lange anhält, was nützlich für ihre Mission sein könnte.

Artefakte

Sechs Tagesmärsche liegen noch vor ihnen, bevor sie den Fluss erreichen. Durch Sylpharo kommen sie langsamer voran, als ursprünglich gedacht, da er der Kleinste von ihnen ist, mal von den Elfen abgesehen, die aber mit ihren Flügeln schneller sind als alle anderen. Trotz seiner unverhältnismäßig langen Beine braucht er zwei Tage länger für die Strecke, als Elora und ihre Freunde ohne ihn brauchen würden.

In den nächsten Tagen kommen Elora und die Freunde dennoch gut voran. Die Landschaft verändert sich mit jedem weiteren Tag. Die spitzen Felsen werden runder und immer niedriger und werden dann von einer hübschen Hügellandschaft abgelöst. Gelegentlich taucht ein kleiner See in den Senken der Hügel auf, die Hügel sind mit Gras und niedrigen Bäumen bewachsen. Alles macht einen freundlichen Eindruck.

Sylpharo erzählt den Freunden, dass diese Gegend von Bauern bewohnt wird, die Ziegen züchten und leckeren Käse herstellen. Mellock freut sich, ein gutes Stück Käse, das wäre jetzt schon in seinem Sinne. Natürlich bestückt Melvine ihre Zaubertafel immer auch mit Käse, aber so ganz frisch vom Bauern, das ist schon was Besonderes.

Sie sind nun noch zwei Tagesmärsche vom Fluss entfernt und beschließen, hier noch einmal einen Tag Rast einzulegen, um Kräfte zu sammeln für das bevorstehende Abenteuer. Denn jedem von ihnen ist klar, dass sie den Schlüssel, was immer es auch ist, nicht einfach so herum liegen sehen werden.

Sylpharo hat sich in den Tagen, seit er die Freunde kennen gelernt hat, unentwegt überlegt, was in dem Fluss von solcher Bedeutung sein könnte, dass es den Freunden als Schlüssel dienen wird. Er kennt jeden Stein und jeden Gegenstand in dem Fluss, der seine irdische Heimat ist und ahnt, dass nur das versunkene Raumschiff solch einen Gegenstand beherbergen kann.

Nie hatte er es bisher gewagt, in das Raumschiff aus den fremden Welten einzudringen, das vor einigen hundert Jahren hier abgestürzt war. Es lag da zwar völlig still und ohne jede Bewegung Jahr um Jahr, aber er hatte dennoch das unerklärliche Gefühl, dass er ihm lieber fern bleiben sollte.

Je mehr er darüber nachdenkt, umso sicherer ist er, dass er die Freunde zu diesem Raumschiff bringen muss, dass hier das Gesuchte zu finden ist.

Mellock nutzt die Rast, um sich ein Pfeifchen zu stopfen und sich auf den Weg zum nahe gelegenen Bauernhof zu machen. Dort kauft er einem Bauern zwei große Käselaibe ab. Um sie leichter ins Lager der Freunde transportieren zu können, sucht er sich einen langen Stab und steckt beide Seiten mitten in die runden Käselaibe. So kann er den Käse wie Räder vor sich her rollen und muss ihn nicht tragen.

Im Lager gesellt er sich dann zu Sylpharo, der unter einem Baum hockt und mit seinem Taschenmesser etwas schnitzt.
Gemeinsam lassen sie sich den leckeren Ziegenkäse schmecken. Als Mellock Sylpharo danach fragt, was er denn da schnitzt, erklärt der ihm, dass dies ein Schutzamulett wird, wie es auf seinem Heimatplaneten alle Bewohner tragen. Er erzählt Mellock von seinen Überlegungen, dass der gesuchte Schlüssel vermutlich in dem fremden Raumschiff zu finden sei, was auch Mellock für sehr wahrscheinlich hält.

Als Sylpharo fertig ist mit Schnitzen, nimmt er einen der goldenen Gegenstände von seinem Hut und fügt ihn in die Schnitzerei ein. Das Gold wird ganz weich und lässt sich problemlos um die kleinen filigranen Verästelungen des Amuletts schlingen, um dann wieder fest zu werden. Es ist ein wunderschönes Amulett, das Sylpharo da angefertigt hat. Dieser nimmt ein Lederband aus seiner Tasche und hängt sich damit das Amulett um den Hals.

Die Einhörner genießen es sehr, auf der Wiese herum toben zu können, ohne ständig auf der Hut sein zu müssen, ob im nächsten Moment irgendein Monster sie fressen will. Es gibt hier sogar bunte Schmetterlinge wie in Eloras Heimat, worüber sich Elora ganz besonders freut.

Melvine hat sich einen Tee aus Ambrias Fläschchen zubereitet und döst in ihrem Schaukelstuhl vor sich hin. Die Elfen toben mit den Schmetterlingen umher und Fly schmust mit Storm auf der Astgabel eines Baumes. Alles ist friedlich und unbeschreiblich idyllisch.

Schneegestöber

Als die Freunde am anderen Morgen aufbrechen, sind sie gut erholt und glücklich. Aber auch ein anderes Gefühl macht sich breit. Nur noch zwei Tage und sie werden an dem Fluss stehen, in dem das Raumschiff auf sie wartet.
Mellock hatte den Freunden von Sylpharos Vermutung erzählt und alle sind sich einig, dass hier der Schlüssel zu finden ist.

Was mag nur Unheimliches in dem Raumschiff auf sie warten? Birgt es eine Gefahr, der sie nicht gewachsen sind?

Gegenseitig haben sie sich beruhigt, dass sie gut ausgerüstet seien für ihre Mission. Jeder von ihnen hat ganz besondere Fähigkeiten, außerdem konnten sie unterwegs einige wertvolle Hilfsmittel einsammeln. Und schließlich war nicht ohne Grund Sylpharo zu ihnen gestoßen, der sich gut auskennt in dem Fluss und ebenfalls von einem anderen Stern kommt. Sie glauben fest an sich und doch bleibt eine vage Angst in jedem von ihnen.

Bereits am Mittag verändert sich die Landschaft erneut und es geht nun stetig bergan. Es wird Schritt um Schritt kälter, je weiter die Freunde nach oben kommen. Melvine wickelt sich einen langen Schal um den Oberkörper, was sie noch dicker aussehen lässt. Mellock holt einen Pelz aus seinem Rucksack und zieht ihn über. Selbst die Elfen haben plötzlich klitzekleine Pulloverchen an, was sie seltsam aussehen lässt.

Die beiden Einhorn-Fohlen frieren sehr. Melvine nimmt ihren Zauberstab aus dem Rock und Simsalabim haben die beiden hübsche, warme Decken auf ihren Rücken.

Plötzlich tanzt etwas Weißes vor Whoevers Nase umher. So etwas hat sie noch nie gesehen. Dieses sonderbare Wesen hat die Frechheit, sich auf ihre Nase zu setzen, wo es unmittelbar zu Wasser wird. Whoever ist irritiert und schaut fragend zu Fly, vor der jetzt ebenfalls diese merkwürdigen weißen Wesen umher fliegen. Immer mehr werden es, schon sind es hunderte.

Melvine, Mellock und Fly brechen in schallendes Gelächter aus, als sie das fassungslose Gesicht von Whoever sehen. Rasch klären sie das Elflein auf, dass dies nichts Gefährliches ist.

Bald ist der Boden hoch bedeckt mit diesen weißen Flocken und das Weiterkommen ist beschwerlich. Plötzlich rutscht Satu aus und nun stellt sich heraus, dass Schnee durchaus gefährlich sein kann. Das kleine Einhorn kann sich nicht mehr fangen und stürzt mehrere Meter tief den Hang hinunter. Dort bleibt Satu an einem hervor stehenden Felsen liegen. Alles an ihr tut weh. Sie kann die Freunde nicht mehr sehen und sie fühlt sich unendlich hilflos und alleine.

Sofort schwärmen die Elfen aus, um nach Satu zu suchen. Das Schneegestöber ist inzwischen sehr dicht und die Sicht daher ausgesprochen schlecht. Hier kommt den Elfen eine besondere Fähigkeit zu Hilfe. Auf ihren Köpfen haben sie feine Antennen, die sie bei Bedarf ausfahren können und die wie eine Art Radar funktionieren.

FEEnzauberin ist die erste, die Satu entdeckt und gleich holt sie das Beutelchen mit dem Glitzerpulver hervor und verstreut etwas davon über Satu. Das Glücksgefühl, das dieses Pulver bei Satu auslöst, überdeckt sofort ihre Angst und sie weiß nun, dass die Freunde sie gefunden haben und ihr helfen werden.

„Kannst du aufstehen?" fragt FEEnzauberin sie, als sie bei Satu landet. „Nein, mir tut das Bein so weh, ich habe es schon versucht, aber es geht nicht", antwortet Satu. „Warte, ich hole Melvine", sagt FEEnzauberin und verschwindet im dichten Gestöber.

Kurz darauf sind Melvine und Mellock bei Satu. Melvine untersucht das schmerzende Bein und stellt fest, dass es gebrochen ist. Das ist sehr ungünstig, denn so kann Satu nicht weiter. Mellock nimmt aus seinem Rucksack ein weiches Tuch heraus und ein paar seiner Kräuterröhrchen. In einem dieser Röhrchen ist ein zähflüssiges Öl, mit dem er das Tuch tränkt.

Nun schüttet er verschiedene Kräuter auf das ölgetränkte Tuch und freut sich über das Mus aus den Flechten, das er neulich erst angefertigt hat. Das kann nun gleich zeigen, was es kann. Er wickelt das Tuch dann um Satus Bein. Melvine hat inzwischen mit ihrem Zauberstab ein paar Stäbe herbei gezaubert, mit dem sie nun Satus Bein schient.

Ein weiterer Zauber nimmt Satu die Schmerzen und nun kann das Einhorn-Fohlen aufstehen und zumindest soweit laufen, bis sie einen Lagerplatz gefunden haben. Sie brauchen einen Lagerplatz für mindestens drei Tage, denn so lange braucht das Bein trotz Zaubermittel ganz sicher, bis es wieder verheilt ist. Aber wo in dieser Schneelandschaft sollen sie lagern?

Zurück ins Tal würden sie Stunden brauchen, das können sie Satu kaum zumuten. Also muss unbedingt hier in der Nähe ein Lager aufgeschlagen werden.

Melvine beschließt, gleich hier erst mal ein kleines Lagerfeuer zu machen, an dem sich alle ein wenig wärmen können. Rings um das Feuer zaubert sie ein paar dicke Felle, auf denen die Freunde Platz nehmen. Der Platz ist eng, für ein richtiges Lager mit Schutzglocke reicht er keinesfalls.

Elora liegt auf ihrem Fell und plötzlich schießt es durch ihre Gedanken. Hier in der Nähe ist eine Höhle, groß genug für alle. Ambria hat ihr diesen Gedankenblitz geschickt. In ihrer Hütte auf der hübschen Lichtung hatte sie in den letzten Tagen die Reise der Freunde mit ihren hellsichtigen Fähigkeiten verfolgt, immer bereit, helfend einzugreifen, falls es nötig würde.

Sofort machen sich Melvine und Mellock auf, um diese Höhle zu suchen und es dauert auch nicht lange, bis sie den Eingang sehen. Das Schneetreiben hat inzwischen ein wenig nachgelassen, so dass sie sich recht gut orientieren können. Vorsichtig betreten sie die Höhle um sicher zu gehen, dass kein anderes Wesen hier lauert. Nein, die Höhle ist leer und groß genug, um als Unterschlupf für drei Tage zu dienen.

Schon nach wenigen Minuten haben Mellock und Melvine wieder das Lagerfeuer erreicht, welches von Melvine nun sorgfältig gelöscht wird. Eine halbe Stunde später haben sich die Freunde in der Höhle gemütlich eingerichtet und sind bereit, hier ein paar Tage darauf zu warten, bis Satu wieder gesund ist.

Spiluscha

Melvine hält den Höhleneingang für ausreichend sicher und verzichtet daher auf die Versiegelung durch einen Schutzschild. Sie ahnt nicht, dass sie bereits, seit dem sie die Hügellandschaft mit den Ziegenbauern verlassen haben, von einer Gestalt verfolgt werden. Ein hagerer Mann mit menschlicher Gestalt hatte sie entdeckt, kurz nachdem sie den letzten Bauernhof hinter sich gelassen hatten.

Es ist Paschandrus, ein Zauberer der dunklen Magie. Über seinen Schultern hängt ein dünner brauner Mantel, der ihm bis zu den Knöcheln reicht. Auf dem Kopf trägt er einen breitkrempigen, ebenfalls braunen Hut mit einer enorm langen Spitze. Um die Hüfte hat er eine dicke dunkelgrüne Kordel gebunden, an der ein Beutel hängt, in dem er seine Zauberutensilien aufbewahrt.

Er wohnt dort am Rand des Bauerndorfes in einer seltsamen Hütte aus Brettern und Steinen. Alles an diesem Bauwerk sieht irgendwie merkwürdig und verwunschen aus. Keiner der Bauern hat das Bauwerk bisher entdeckt, da es mit einem Zauber vor ihren Blicken verborgen ist.

Als Elora und die Freunde an seiner Hütte vorbei gingen, hatte er sehr erstaunt festgestellt, dass zwei Einhörner im Tal sind. Für seine bösen Zauber könnte er die Hörner der beiden gut gebrauchen und er beschließt daher, sie sich zu holen. Allerdings hat er gleich erkannt, dass Melvine eine Zauberin ist, die über stärkere Zauberkräfte als er selbst verfügt. Daher ist Vorsicht geboten. Sie darf ihn nicht entdecken.

So folgt er der Gruppe in einigem Abstand und hofft auf eine Gelegenheit, den beiden Einhörnern ihr wertvolles Horn zu stehlen.

In der Höhle, in der Elora und die Freunde Unterschlupf gefunden haben, wohnt noch ein anderes Wesen. Eine kleine Spinne mit dem Namen Spiluscha, die sehr feste Spinnennetze spinnen und Gedanken lesen kann. Außerdem kann sie drohende Gefahr spüren und erkennen, wovon diese ausgeht. Ihre Spinnennetze können verschiedene Eigenschaften haben, je nachdem, mit welchem Faden sie diese spinnt.

Spiluscha staunt nicht schlecht, als sie die beiden Einhörner in ihrer Höhle entdeckt. „Was machen die denn hier?" fragt sie sich, denn sie weiß, dass in diesem Tal keine Einhörner mehr leben. Sofort nimmt sie Gedanken-Kontakt mit Elora und Satu auf und erfährt so durch Ihre Gabe, weshalb Elora und ihre Freunde hier sind.

Im gleichen Augenblick spürt sie, dass draußen vor der Höhle Gefahr droht. Es war sehr leichtsinnig von Melvine, den Höhleneingang nicht zu versiegeln. Sofort macht sich Spiluscha daran, ein großes Netz vor den Höhleneingang zu spinnen und setzt sich mitten hinein.

Als sich der Zauberer Paschandrus dem Höhleneingang nähert, sieht er das Netz und glaubt, dass die Gruppe nicht in der Höhle sein kann, denn sonst hätte sie ja das Netz zerrissen. So geht er weiter und glaubt, den Freunden noch auf den Fersen zu sein.

Spiluscha hat das Netz mit einem reißfesten Alarmfaden gesponnen. Niemand kann durch das Netz hindurch und sobald jemand das Netz berührt, wird sie es wissen. Sie krabbelt nun auf ihren acht langen Beinen zu der Gruppe hinüber und stellt sich vor.

Überrascht blicken die Freunde auf und hören voller Schrecken, welcher Gefahr Elora, Satu und alle anderen gerade entgangen waren. Hätte der Zauberer sich in der Nacht, während sie alle schliefen, an die Einhörner heran geschlichen, hätte es ihm durchaus gelingen können, ihnen das Horn abzubrechen und alle ihre Freunde zu töten.

Inzwischen hat Paschandrus bemerkt, dass er die Spur der Gruppe verloren hat. Er irrt noch eine Weile erfolglos herum und macht dann sehr verärgert kehrt und geht zu seiner Hütte zurück. Er hofft, dass die Gruppe den gleichen Weg zurück nimmt und wird ihnen eben dann auflauern.

Drei Tage später ist Satus Beinchen tatsächlich wieder gesund und so brechen Elora und ihre Freunde gut ausgeschlafen und erholt auf. Sie verabschieden sich herzlich und dankbar von Spiluscha, die ihren Verfolger überlistet und den Einhörnern damit vermutlich das Horn gerettet hat.

Der Schlüssel

Am nächsten Nachmittag erreichen sie endlich den Fluss, in dem das abgestürzte Raumschiff liegt. Nachdem sie sich von dem langen Marsch ausgeruht und sich gestärkt haben, nimmt Sylpharo seine andere Gestalt an und taucht als Frosch in die Fluten. Vorsichtig schwimmt er zu dem Raumschiff hin und schaut nach einem Eingang. Es ist ihm ziemlich unheimlich dabei, denn er spürt deutlich diese Energie, die aus dem Raumschiff kommt.

Das Raumschiff liegt leicht schräg und unten am Boden kann Sylpharo eine Luke entdecken, die wohl den Eingang bildet. Er schwimmt zurück zu den anderen und berichtet von seiner Entdeckung. „Um die Luke zu öffnen, kann ich eines meiner Werkzeuge benutzen, das dürfte leicht gehen, denke ich. Aber ich habe ein sehr komisches Gefühl im Bauch, dass dieses Raumschiff bewohnt ist, ich habe eine starke Energie gespürt."

Fly runzelt die Stirn und reibt sich mit den Fingern eines ihrer spitzen Ohren. Das tut sie immer, wenn sie versucht, zu kombinieren. FEEnzauberin sieht das, flattert zu ihr hinüber und sagt: „Ich habe gerade meine telepathischen Antennen in Richtung Raumschiff ausgefahren und konnte einige Gedanken auffangen, die vom Raumschiff ausgingen. Es muss dort also tatsächlich ein Lebewesen geben. Die Gedanken verrieten mir eindeutig, dass es sich um eine Art Wächter handeln muss. Wir müssen also auf einen Angriff gefasst sein, wenn wir die Luke öffnen."

In Flys Gehirn rasen die Gedanken nur so dahin und plötzlich hat sie eine Idee: „Wir haben auf dem Weg hierher doch einige nützliche Dinge eingesammelt, z.B. Ambrias Zaubersprüche oder die Wahrheitsdroge. Und Sylpharo hat an seinem Hut verschiedenste Werkzeuge mit besonderen Fähigkeiten. Vielleicht ist ja etwas dabei, was uns hier nützlich sein kann."

Jeder aus der Gruppe grübelt nun darüber nach, was von all den Dingen hier in irgendeiner Weise von Nutzen sein kann. Da erhält Melvine erneut einen wertvollen Gedankenblitz von Ambria. „Nun weiß ich es", ruft sie in die Stille der Runde. „Wir benötigen einen Zauber, der uns davor schützt, hypnotisiert zu werden. Außerdem ist es wichtig, dass Sylpharo als erster in das Raumschiff geht, da er durch seine außerirdische Herkunft und sein Schutzamulett, das er neulich angefertigt hat, gegen den Zauber geschützt ist, der beim Betreten des Raumschiffs ausgelöst wird." Die anderen vermuten natürlich sofort folgerichtig, dass Ambria ihnen diesen Hinweis geschickt hat.

Gemeinsam beraten sie, wer von ihnen mit Sylpharo in das Raumschiff gehen soll. Auch wenn es allen Beteiligten nicht gefällt, ist es nicht zu umgehen, dass Elora eine von ihnen sein wird. Nur sie allein wird wissen, was von dem, das sie dort finden werden, der gesuchte Schlüssel sein wird.

Nach einigem Hin und Her steht dann endlich fest, dass außer Sylpharo und Elora auch Mellock und Melvine mitgehen werden. Melvine nimmt ihr Zauberbuch zur Hand und liest noch einmal den Zauberspruch, den sie neulich von Ambria bekommen hatte. Zwar hat sie ihn auswendig gelernt, aber vorsichtshalber will sie doch noch mal prüfen, ob sie alles richtig behalten hat.

Dann sucht sie alle Zutaten zusammen, zündet ein Feuer an und hängt ihren kleinen Zauberkessel gefüllt mit Wasser an einer Astgabel über das Feuer. Nacheinander fügt sie eine Zutat nach der anderen in den Kessel und am Schluss spricht sie den Zauberspruch. Als sie fertig ist, füllt sie die Flüssigkeit in kleine Becherchen und Schälchen und jeder von ihnen muss von diesem Zaubertrank trinken. Er schmeckt nicht einmal übel.

Inzwischen ist es Abend geworden und es sind nur noch zwei Stunden, bis es dunkel wird. Die Zeit drängt und so waten die Vier nun in den Fluss und tauchen dann ab, um zum Eingang des Raumschiffes zu gelangen.

Da natürlich weder Elora noch Mellock und Melvine über lange Zeit die Luft anhalten können, aber nicht klar war, wie lange der Tauchgang dauern würde, hatte Sylpharo vorher einen seiner Gegenstände vom Hut genommen. Ein paar rasche Handgriffe ließen daraus kleine Masken entstehen, die er den Freunden gab. Diese Masken haben Eigenschaften wie eine Taucher-Ausrüstung, ohne dass Gasflaschen oder sonst etwas benötigt wird.

An der Luke angekommen, die Sylpharo für den Eingang hält, nimmt er einen weiteren der Gegenstände von seinem Hut. Er ist aus Kristall und sieht ein wenig aus wie eine von Melvines Hutnadeln. Er berührt damit die Türe des Raumschiffs und sofort öffnet sie sich.

Auch das Innere des Raumschiffes ist wie vermutet mit Wasser gefüllt, Sylpharo schwimmt hinein, während die anderen noch draußen warten. Sobald er durch den Eingang schwimmt, schießen aus allen Richtungen grüne Lichtstrahlen auf ihn zu. Er weiß sofort, womit er es zu tun hat, diese Waffe kennt er von seinem Heimatplaneten.

Rasch nimmt er das Amulett in die Hand, das er immer noch mit dem Lederband um den Hals trägt, und hält es den Strahlen entgegen. Diese prallen an dem Amulett ab wie an einem unsichtbaren Schutzschild und dann verschwinden sie.

Nun ist klar, weshalb er als erster das Raumschiff betreten sollte. Er ruft den Freunden zu, dass sie ihm nun folgen können und einer nach dem anderen betritt den Innenraum des fremden Schiffes. Zuerst Mellock, dann Melvine und zum Schluss Elora. Kaum dass Elora in den Innenraum eingedrungen ist, schießt etwas auf sie zu.

Es ist Theklaris, die Wächterin des Raumschiffes in der Gestalt einer Wasserschlange. Sie hat einen weißen Körper mit einem türkisfarbenen Zickzack-Muster, das sich vom Kopf bis zur Schwanzspitze über ihren ca. 25 cm langen Körper zieht. Ihre Augen sind nicht wie bei anderen Schlangen schlitzförmig, sondern kreisrund und die Pupillen sind lilafarben und leuchten seltsam. Sie kann Wesen, die ihr in die Augen sehen, damit hypnotisieren. Nur gut, dass sie alle von Melvines Zaubertrank getrunken haben, so hat Theklaris keine Chance bei ihnen.

Theklaris ist sehr verblüfft, dass ihre Hypnose bei diesen Eindringlingen nicht funktioniert. Aber noch bevor sie irgendwie reagieren kann, hat Sylpharo einen weiteren Gegenstand von seinem Hut genommen. Er sieht aus wie ein kleiner goldener Ring, der aber aus vielen Teilen besteht, wodurch er elastisch ist. Aus jedem dieser Teile stakst ein kleiner Pfeil heraus.

Sylpharo macht ein paar schnelle Handbewegungen und ehe es sich Theklaris versieht, hat er den Ring über ihren Kopf gezogen. Schlagartig erstarrt sie, kann sich keinen Millimeter mehr bewegen, als wäre sie aus Stein.

Sie schimpft und versucht, irgendwelche Zauberformeln aufzusagen, aber schon hat Mellock das Fläschchen mit der Wahrheitsdroge in der Hand und öffnet den Korken. Der Drachenrauch entweicht dem Fläschchen und verteilt sich im Wasser. Melvine hatte befürchtet, dass es im Wasser vielleicht nicht funktionieren könnte, aber diese Sorge erweist sich als unbegründet.

Anstelle von Zauberformeln und Verwünschungen kommen aus Theklaris Maul nun lauter hilfreiche Hinweise, wo die Freunde den gesuchten Schlüssel finden können.

„In dem Schrank hinter mir gibt es eine Schublade, dort bewahre ich den gesuchten Gegenstand auf. Es handelt sich dabei um einen kleinen Flakon, in dem ein hochwirksames Konzentrat einer Droge enthalten ist. Wenige Tropfen davon einem Tee hinzugefügt, machen denjenigen, der den Tee trinkt, unverletzbar gegen Angriffe jeglicher Art, seien sie nun physischer oder magischer Natur."

Melvine horcht auf. Sie hat schon oft gedacht, es müsste doch eine Möglichkeit geben, solch einen Zaubertrank anzufertigen. Aber bisher hat sie nie die notwendigen Zutaten dafür auftreiben können. Was für ein Glück für sie, dass dieses Raumschiff hier gelandet ist. Nun bekommt sie sogar ein fertiges Serum. Natürlich hofft sie, dass der Flakon nicht allzu klein ist, so dass sie von dem Serum noch etwas übrig behält, wenn sie es für die Vernichtung des Herrn der Finsternis einsetzen muss.

Die Wahrheitsdroge und Sylpharos seltsamer Ring scheinen zwar zu bewirken, dass Theklaris zu keiner Aktion fähig ist, aber vorsichtshalber spricht Melvine noch rasch einen Zauberspruch, der die Schlange für 30 Minuten unbeweglich macht. Doppelt hält besser und das sollte reichen, um den Flakon zu finden.

Sylpharo schwimmt inzwischen zu dem Schrank hin und öffnet die Schublade. Er stößt einen leisen Pfiff aus, als er den Inhalt erblickt. Außer einem wunderschönen Flakon aus sehr dünnem farbigem Glas findet er nämlich noch einige andere, hoch interessante Kleinigkeiten. Er steckt alles in seinen kleinen Beutel und Melvine wundert sich wieder einmal, wie er es schafft, solch große Dinge in diesem kleinen Beutelchen verschwinden zu lassen, da er ja nicht wie sie selbst mit Zaubersprüchen nachhelfen kann.

Rasch verlassen sie nun das Raumschiff und schwimmen zurück an Land, wo die anderen schon ungeduldig auf sie warten. Es ist bereits dunkel geworden und es war ihnen nicht bewusst, dass sie so lange in diesem Raumschiff waren. Ihnen war es wie wenige Minuten vorgekommen, aber außerhalb des Raumschiffs waren 3 Stunden vergangen.

Satu, FEEnzauberin, Whoever, Fly und Storm haben sich die größten Sorgen gemacht, da sie annehmen mussten, den anderen sei etwas zugestoßen. Unmöglich konnten sie doch so lange brauchen, um den Schlüssel zu finden.

Sie hatten schon versucht, mit Ambria Kontakt aufzunehmen und sie um Hilfe zu bitten, da sie keinerlei Idee hatten, was sie tun sollten. Aber der Kontakt zu Ambria gelang ihnen nicht und so waren sie völlig verzweifelt.

Als die Freunde nun endlich wieder auftauchen, sind sie so erleichtert, dass Satu wie verrückt beginnt, Luftsprünge zu machen, die beiden Elfen halten sich an den Händen und flattern wie wild um Satus Kopf herum, Storm hängt sich an Satus Hals und legt ihr den Schwanz über die Augen. Da diese nun nichts mehr sehen kann, beginnt sie zu taumeln und fällt zu Boden. Und mitten drin in dem Tumult steht Fly und lacht, dass ihr die Tränen über die Wangen laufen. Die Erleichterung der Freunde knistert förmlich in der Luft.

Zurück an Land errichtet Melvine sofort eine Schutzglocke als Nachtlager und auch für eine Tafel mit Abendessen sorgt sie mit ihrem Zauberstab. Inzwischen weiß sie ja auch, wie man eine runde Tafel innerhalb der Schutzglocke herbei zaubert. Seit ihrem Missgeschick neulich muss sie sich von den beiden Einhörnern nun immer ein liebevolles Foppen anhören, wenn sie versucht, einen Tisch mit Mahlzeit herbei zu zaubern.

Alle nehmen nun an der Tafel Platz und stärken sich erst einmal. Während sie essen erzählt Elora, was sich in dem Raumschiff abgespielt hat. „Es war viel leichter, als erwartet, wir waren auf alles gut vorbereitet und hatten die richtigen Hilfsmittel zur Hand“, sagt sie.

Zum Schluss zeigt Melvine ihnen den Flakon mit dem Serum und alle sind erstaunt, wie hübsch dieses Glasfläschchen ist.

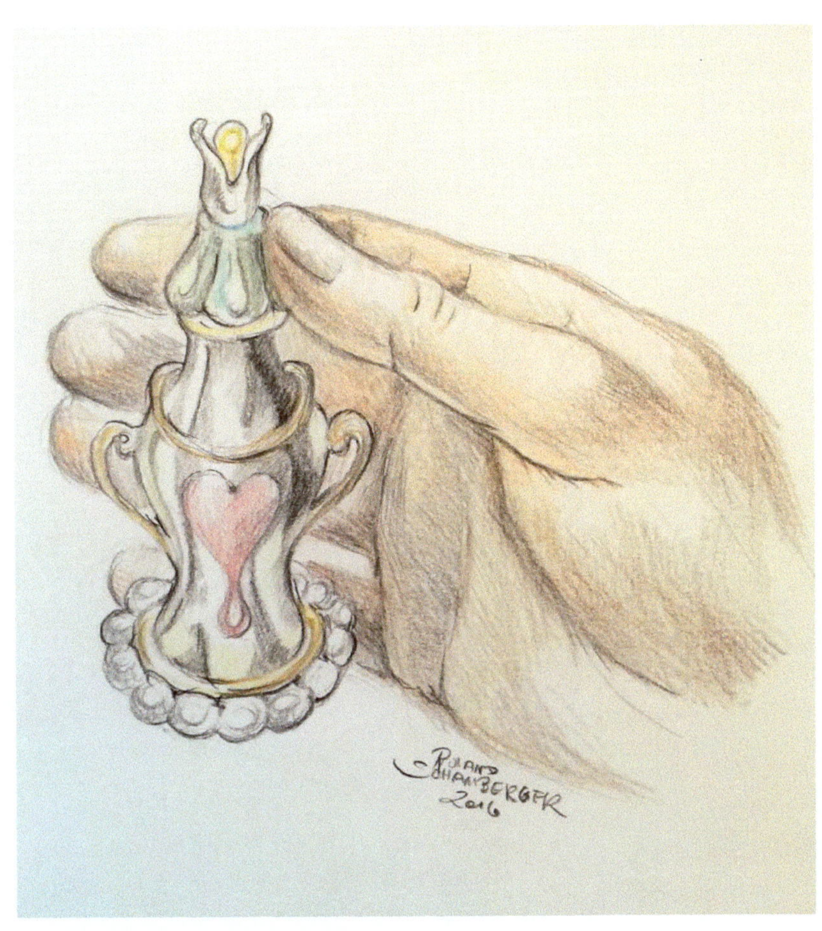

Der Gortan

Es war ein langer und ereignisreicher Tag, jeder einzelne aus der Gruppe ist sehr müde. Daher lässt Melvine nun rasch den Tisch wieder verschwinden und alle gehen schlafen.

Als sie am anderen Morgen erwachen, stehen sie vor einem großen Problem. Genau vor dem Eingang der Schutzglocke liegt ein seltsames Geschöpf und schläft. Es sieht gefährlich aus und Melvine will es nicht riskieren, die Schutzglocke aufzulösen. Aber aus der Türe können sie auch nicht heraus. Guter Rat ist nun teuer und Melvine kratzt sich ratlos am Kopf.

In der Hoffnung, dass dieses Wesen in nächster Zeit von selbst erwacht und dann verschwindet, beschließen die Freunde, diesmal auch ihr Frühstück innerhalb der Schutzglocke einzunehmen.

Trotz der gefährlichen Situation draußen herrscht eine ausgelassene und fröhliche Stimmung während des Frühstücks. Gestern war ein absolut erfolgreicher Tag. Der erste wichtige Schritt, um den Herrn der Finsternis für immer unschädlich zu machen, ist getan. Nun können sie sich gut gewappnet aufmachen, um Whoevers Heimat kennen zu lernen und den bösen Magier aufzuspüren.

Zuerst einmal müssen sie aber aus der Schutzglocke heraus kommen. Das merkwürdige Wesen liegt noch immer vor dem Eingang und schnarcht so laut, dass die Teller und Gläser auf dem Tisch von den Schallwellen klirren.

Melvine kratzt sich wieder einmal ratlos am Kopf, ihr großer Hut rutscht ihr dabei vom Kopf und fällt zu Boden. Als sie sich danach bückt, sieht sie am Boden etwas glitzern, was ihre Neugier weckt. Sie hebt es auf und ist sehr erstaunt, als dieser klitzekleine Gegenstand in ihrer Hand plötzlich zu wachsen beginnt und zu einer wunderschönen Kristallkugel wird. In der Kugel sieht sie Ambria, die ihr offenbar etwas zuruft. Durch die Schutzglocke kamen ihre telepathischen Sendungen nicht bei ihr an. Daher hat Ambria diesen kleinen Zaubertrick angewendet.

Bereits in ihrer Hütte hatte sie an Melvines Hut diese kleine Kugel versteckt, um sie im Notfall für solch einen Zweck einsetzen zu können. Die Kugel war so präpariert, dass sie auf ratlose Schwingungen reagierte und somit den kleinen Zauber auslösen konnte, dass Melvine sich am Kopf kratzt und damit den Hut herunter wirft. Über die Kristallkugel kann sie nun Bilder in die Schutzglocke senden und so Melvine zeigen, um was für eine gefährliche Kreatur es sich draußen handelt.

Das Wesen ist ein Gortan, eine Art Echse, gefährlich wie ein Krokodil. Anders als Echsen kann diese Kreatur aber auf zwei Beinen gehen, hat lange Beine und noch längere Arme. An den Armen hat sie Pranken mit 15 cm langen messerscharfen Krallen.

Der Kopf sieht aus wie der einer Eidechse, aber das Maul ist mit langen spitzen Zähnen ausgestattet. Wen diese Zähne einmal gepackt haben, der hat keine Chance, ihnen je wieder zu entkommen. Das Monster hat keine besonderen Vorlieben für seine Nahrung. Es frisst alles, was ihm begegnet.

Mit diesem Wissen ausgestattet, ist Melvine heilfroh, dass sie alle noch in der Schutzglocke sind, in ihr sind sie sicher. Wieder einmal wünscht sie sich, dass ihre Freundin Ankhara hier bei ihnen wäre. Es wäre manchmal schon recht hilfreich und entlastend, wenn ihr eine zweite Zauberin zur Seite stehen könnte.

Sie berichtet den anderen, welche Nachricht sie von Ambria empfangen hat und großes Unbehagen macht sich unter den Freunden breit. Wenn sie doch nur endlich das Tal der Elfen erreicht hätten. Alle haben nun wirklich genug von den Geschöpfen in dieser ungastlichen Gegend.

Selbst Sylpharo war dieses Geschöpf noch unbekannt, obwohl er nun schon so lange hier lebt und glaubte, alle Wesen zu kennen.

Gemeinsam überlegen die Freunde nun, wie man dieses Wesen überlisten könnte, um die Schutzlocke verlassen und den Weg fortsetzen zu können. Mellock fragt Melvine, ob sie in ihrem Zauberbuch nicht einen passenden Zauberspruch hätte, und da fällt Melvine einer der Sprüche ein, den sie neulich von Ambria bekommen hatte.

Sie kramt umständlich ihr Zauberbuch aus ihrer Rocktasche hervor und blättert dann zu der Seite, wo sie die neuen Sprüche notiert hat. Ja, da steht ein Zauberspruch, der ihr hier geeignet scheint. Das einzige Problem ist, dass sie aus der Schutzglocke heraus muss, um ihn anwenden zu können.

Natürlich könnte sie auch das Serum aus dem Raumschiff verwenden, das sie unverletzbar macht. Aber sie möchte nicht riskieren, dass vielleicht am Schluss zu wenig davon übrig ist, um den Herrn der Finsternis unschädlich zu machen. Also muss eine andere Lösung gefunden werden.

Mellock hat eine Idee: „Ich könnte dir aus der Süßmiere, die ich neulich gesammelt habe, und ein paar weiteren Zutaten eine Creme anfertigen, die entsetzlich stinkt, wenn du dich damit einreibst. Dieser Gestank wird den Gortan für einen kurzen Moment abschrecken und irritieren, was dir Zeit gibt, deinen Zauberspruch anzuwenden. Natürlich musst du schnell sein, denn der Schockmoment dauert nur kurz an.“

Aufgeregt reden nun alle durcheinander, wie gefährlich diese Idee ist und dass Melvine lieber nicht darauf eingehen soll. Aber niemand hat eine bessere Idee und so sieht man eine Viertelstunde später Mellock, wie er mit seinen Röhrchen hantiert und in einem kleinen Mörser einen Brei zubereitet. Mit jeder weiteren Zutat entsteht ein größerer Gestank in der Schutzglocke.

Es ist kaum noch auszuhalten und Elora ist es schon ganz schlecht. Sie muss sich hinlegen und Storm kommt zu ihr und schiebt ihren buschigen Eichhörnchen-Schwanz über Eloras Nüstern. Das hilft ein wenig, den Gestank abzuschwächen.

Melvine reibt sich Gesicht und Hände mit dieser scheußlichen Paste ein und öffnet dann die Türe der Schutzglocke. Rasch schlüpft sie hindurch und verschließt sie sofort wieder.

Innen halten alle den Atem an und beobachten das Geschehen draußen. Das Monster ist sichtlich überrascht über das plötzliche Auftauchen von Melvine, richtet sich blitzschnell auf und will sofort mit seiner gefährlichen Pranke nach ihr greifen. Da trifft der Gestank auf seine Nasenlöcher und es dreht sich ihm fast der Magen um. Der Gortan würgt und seine Augen treten verdächtig aus ihren Höhlen heraus.

Melvine nutzt diese Sekunden, um ihren Zauberspruch aufzusagen, dabei fuchtelt sie wie wild mit ihrem Zauberstab vor seiner Nase herum. Plötzlich fängt das Monster an zu torkeln und kippt dann mit einem lauten Poltern um. Melvines Zauber wirkt und wird das Monster für etwa eine Stunde in einen Tiefschlaf versetzen.

Mellocks Stinkesalbe hat noch die geniale Nebenwirkung, dass der Geruchsinn für mehrere Stunden nicht mehr funktioniert, sodass der Gortan nach seinem Erwachen nicht orten kann, in welche Richtung die Freunde gehen. Natürlich ist auch der Geruchsinn aller Freunde für die nächsten Stunden nicht zu gebrauchen, aber das ist ja nicht wirklich tragisch.

Ruckzuck wird nun die Schutzglocke aufgelöst und schnellen Schrittes setzen die Freunde den Weg zum Tal der Elfen ohne weitere Zwischenfälle fort.

Als der Gortan erwacht, glaubt er, er habe sich den Magen an irgendetwas verdorben und alles sei aufgrund dessen nur ein Traum gewesen.

Vorfreude

Die Abendsonne senkt sich bereits rotgolden herab und Melvine hält Ausschau nach einem Lager für die Nacht. Ihr Weg hat sie in den letzten Stunden stetig bergan geführt und sie haben fast den Kamm des Gebirgszuges erreicht. Ein paar hundert Meter trennen sie noch von einem imposanten Wasserfall, der seine Wassermassen mit tosendem Geräusch den Hang hinunter schüttet. In der Gischt spiegelt sich das Licht der untergehenden Sonne in einer ganz besonderen Farbenpracht.

Die kleine Elfe Whoever flattert aufgeregt vor den Freunden her. Ganz nah sind sie bereits ihrer Heimat, den Geschwistern, all denen, die sie so sehr liebt. Noch vor wenigen Tagen hätte sie es für unmöglich gehalten, dass sie so schnell hierher zurückkehren würde. Und nun bringt sie eine ganze Gruppe neu gewonnener Freunde mit, um ihnen alles hier zu zeigen. Ja und nicht nur das, sie kommen aller hierher, um vielleicht ein großes Rätsel zu lösen und den Herrn der Finsternis zu besiegen.

Whoevers Gedanken überschlagen sich förmlich und sie bemerkt daher nicht einmal, dass sie mittlerweile den Eingang in das Elfenreich erreicht haben. Das Tosen des Wasserfalls ist inzwischen so heftig, dass sie es völlig überhört, als Melvine ihr etwas zuruft. FEEnzauberin, ihre Elfenfreundin, kommt zu ihr geflattert und kreuzt ihren Weg. Whoever erschrickt richtig, so sehr ist sie in ihre Gedanken vertieft.

Nun schaut sie sich nach den anderen um, die beschlossen haben, hier am Wasserfall ihr Nachtlager aufzuschlagen. Das Gras am Hang ist hier besonders weich und der steile Abhang bildet an dieser Stelle eine kleine Kuhle, die geradezu ideal für eine Ruhestätte ist. Melvine und Mellock haben es sich bereits bequem gemacht und Melvine durchsucht ihre riesige Rocktasche nach ihrem Zauberstab, um wie gewohnt für alle eine reich gefüllte Tafel herbei zu zaubern.

Einige Zeit später legen sich alle gesättigt zur Ruhe nieder. Melvine hat sich entschieden, heute auf die Schutzglocke zu verzichten, hier so dicht am Eingang zum Tal der Elfen droht keine Gefahr durch Monster mehr.

Fly ist begeistert von der riesigen alten Eiche, die unmittelbar am Wasserfall steht. Sie hebt ihre Arme und schwebt wie von unsichtbaren Flügeln getragen auf einen der höchsten Äste hinauf, wo sie sich in einer Astgabel zum Schlafen legt. Ihr Eichhörnchen Storm huscht in Windeseile den Stamm hinauf hinter ihr her und wickelt oben malerisch ihren Schwanz um Flys Hals. Ja, endlich mal wieder in einem Baum schlafen, Fly ist sehr glücklich.

Außer dem Rauschen des Wasserfalls ist nun kein Geräusch mehr zu hören. Tausende Sterne verbreiten ihr schimmerndes Licht über die schlafenden Freunde.

Whoever ist jedoch viel zu aufgeregt, um schlafen zu können. Ihre Gedanken kreisen unentwegt um all das, was sich in den vergangenen Tagen und Wochen ereignet hat. Sie denkt an den wunderschönen alten Hengst, der ihnen in Conways Heimat vom Herrn der Finsternis erzählt hat. Und von dem durch diesen ausgelösten tragischen Tod von Conways Eltern, als Con gerade aus seinem Ei geschlüpft war, als blütenweißes Einhornfohlen. Und wie es dazu kam, dass Con nun schwarz ist.

Sie denkt an all die vielen Zeichnungen an den Felswänden in dem Krater des Kolibri-Tals und daran, dass Elora dazu auserwählt ist, den Herrn der Finsternis zu besiegen, der nur das eine Ziel hat, alle Einhörner zu töten, um wieder die Macht über die Erde zu bekommen. Und ausgerechnet sie, Whoever, darf dabei mithelfen, dass Elora diese große Aufgabe erfüllen kann. Aus diesem Grund sind sie nun alle hier...

Und sobald sie wieder im Tal der Elfen ist, kann sie endlich ihren wunderschönen, richtigen Namen „Lucky" wieder annehmen. Ihre Freunde werden sehr überrascht sein, wenn sie erfahren, dass „Whoever" nur ein Pseudonym außerhalb des Elfentales ist.

Endlich sinkt auch Whoever in einen tiefen, traumlosen Schlaf, und am anderen Morgen ist sie erholt und voller Freude auf das, was nun vor ihnen liegt.

Elora ist die erste, die am anderen Morgen die Augen öffnet. Ihre hübsche bunte Mähne und der ebenso bunte Schweif glitzern geheimnisvoll im Morgenlicht, da sich die Gischt des Wasserfalls in der Nacht darin gefangen hat und die Sonnenstrahlen sich nun in den winzigen Tröpfchen brechen. Nur wenige Minuten nach Elora erwacht auch Satu und die beiden Einhorn-Kinder gehen gemeinsam die wenigen Schritte bis zum Wasserfall.

Elora liebt das Wasser sehr, seit sie damals kurz nach ihrer Geburt beim Toben mit einem riesigen Satz völlig unerwartet in dem Bächlein vor Melvines Hütte im Einhornwald gelandet war. Aber das Wasser dieses Wasserfalls hier hat etwas Besonderes. Zuerst bemerken es Elora und Satu gar nicht, aber dann entdecken sie, dass zwischen den Wellen tausende winzig kleiner Wesen spielen. Fasziniert schauen sie ihnen eine Zeit lang zu, bis plötzlich Storm neben ihnen auftaucht.

Das Eichhorn-Mädchen kitzelt Satu mit ihrem buschigen Schwanz an den Nüstern, so dass Satu heftig niesen muss. Wie vom Erdboden verschluckt sind im selben Augenblick die Wesen verschwunden. Schade, das hat Storm nicht gewollt, sie wollte doch nur ein wenig Schabernack treiben.

„Lasst uns zu den anderen zurück gehen", meint Satu, „vielleicht hat Melvine ja schon ein feines Frühstück fertig." Und wirklich, in der Kuhle, die in der vergangenen Nacht noch als Schlaflager diente, steht nun ein langer Tisch mit den feinsten Köstlichkeiten, die man sich nur vorstellen kann. „Es ist halt schon praktisch, eine Zauberin zur Freundin zu haben", denkt sich Satu und nimmt sich eine leckere Karotte vom Tisch.

Nach dem Frühstück wird Whoever ganz aufgeregt, denn nun muss sie ihre Freunde in das Geheimnis einweihen, wie man durch den Wasserfall in die Welt der Elfen gelangt. Es gilt, schwierige Fragen zu beantworten, deren Antwort man nur findet, wenn man reinen Herzens ist. Nur Wesen mit ganz besonderen Fähigkeiten und Eigenschaften bestehen die Prüfung und werden von den kleinen Wasserlingen in das Elfenreich hinein gelassen. Und auf der anderen Seite des Wasserfalls wird ein geheimer Spruch benötigt, ohne den die Reise hier endet.

Whoever zweifelt keine Sekunde lang daran, dass alle ihre Freunde die Prüfungen bestehen werden und flüstert jedem Einzelnen den Spruch für den Eingang zu.

Ankunft im Tal der Elfen

Nun machen sich die Freunde auf, um sich den Prüfungen der kleinen Wasserlinge zu stellen. Es sind dieselben Wesen, die Satu und Elora bereits vor dem Frühstück hier beobachtet haben. Sie sehen aus wie winzige kleine Menschenkinder, haben aber alle merkwürdig alte Gesichter.

Whoever spricht einige von ihnen mit Namen an. „Hallo Nemro, hallo Bertrac, schön Euch wieder zu sehen. Schaut, ich habe sehr liebe Freunde mitgebracht, die meine Heimat kennen lernen möchten. Bitte seid nicht zu streng mit ihnen, sie sind ganz gewiss reinen Herzens.“

Nemro kommt aus dem Wasser heraus und stellt sich vor die Freunde. Er legt den Kopf schief und beäugt jeden einzelnen sehr misstrauisch. „Ich grüße dich, Whoever“, sagt er mit einer für seine Körpergröße unerwartet lauten, dunklen Stimme. Nun, reinen Herzens mögen sie sein, dann dürfte es ihnen nicht schwer fallen, meine Fragen zu beantworten, so schwer sie auch sein mögen.

Und schon stellt er die erste Frage: „Wer von Euch kann mir das Wort „Glück“ buchstabieren?“ Die Freunde schauen zuerst Nemro und dann sich gegenseitig äußerst verwundert an. Was soll denn an dieser Frage schwierig sein? Das kann doch nun wirklich jedes Kind beantworten!

Doch da hat Elora eine Idee. Sie beginnt langsam zu buchstabieren:

„G“ wie Gesundheit. Es ist wohl eines der wertvollsten Geschenke, wenn man gesund ist.

„L“ wie Liebe. Auch die Liebe ist eines der besten Dinge, die einem auf der Erde widerfahren können.

„Ü“ wie Übereinstimmung. Denn wenn Wesen sich einig sind, dann ist das die allerbeste Voraussetzung für dauerhafte Freundschaft.

„C" wie Chance, jedes Lebewesen sollte stets eine zweite Chance bekommen, wenn mal was nicht so gut gelaufen ist, und

„K" wie Kinder, denn Kinder haben alle ein reines Herz."

Kaum dass Elora das letzte Wort ausgesprochen hat, fangen Nemro, Bertrac und alle anderen Wasserlinge an, wie wild Purzelbäume zu schlagen. „Ja, das ist richtig!" rufen alle durcheinander und ehe sich Elora versieht, steht sie mitten im Wasserfall. Aber obwohl ihr Kopf vollkommen vom Wasser umhüllt ist, kann sie ganz normal atmen.

Ihr fällt der Spruch wieder ein, den Whoever ihnen allen anvertraut hat und sie murmelt ihn nun leise vor sich hin. Und im nächsten Moment steht Elora mitten auf einer Wiese. Von ihren Freunden ist weit und breit nichts zu sehen. Aber bereits nach wenigen Minuten tauchen nach und nach alle neben ihr auf. Also haben alle wohl ihre Aufgaben gelöst und den Eingang ins Feenreich gefunden.

Alle Freunde konnten tatsächlich die Fragen richtig beantworten und so den Wasserfall durchqueren. Aber irgendwas ist merkwürdig. Waren sie vorhin nicht weniger? Elora blinzelt und schaut sich die Freunde nochmals an. Doch, alles ist in Ordnung, es sind alle da... Melvine, Satu, Storm, Whoever, Ankhara, Isis, Osiris ...

Ankhara?? Verwundert blinzelt Elora nochmals. Wo kommen denn die drei auf einmal wieder her? Bis auf sie scheint noch niemand die drei Freunde gesehen zu haben, die sie ursprünglich im Tal der Kolibris zurück gelassen hatten.

Ankhara schleicht sich leise an Melvine heran und versprüht einen goldenen Funkenregen über ihrer Freundin. Dann kann sie sich vor Lachen nicht mehr halten und prustet los. "Ihr solltet mal Eure Gesichter sehen!" ruft sie aus. "Melvine, liebste Freundin. Wie geht es dir? Und ihr anderen? Wie ist es euch inzwischen ergangen?"

Es dauert eine ganze Weile, bis Melvine und die anderen ihre Sprache wiederfinden und begreifen, dass da tatsächlich Ankhara vor ihnen steht. Melvine realisiert es als erste, dass dies keine Spuk-Erscheinung ist und nimmt ihre langjährige Freundin herzlich in die Arme.

„Ankhara, wie ich mich freue, Dich wieder zu sehen! Mit dir hätte ich hier am wenigsten gerechnet. Aber wie bist du in dieses Tal gelangt? Man kommt doch nur mit dem geheimen Spruch und nach bestandener Prüfung durch die Wasserlinge hier herein?"

Ankhara grinst ihre Freundin an: „Du vergisst, dass ich telepathische Fähigkeiten habe. Natürlich konnte ich, indem ich telepathischen Kontakt mit deinen Gedanken aufgenommen hatte, den geheimen Spruch entschlüsseln. Und die Prüfung durch die Wasserlinge ist ja nun wirklich nicht schwer, wenn man ein reines Herz hat und das Böse einem fremd ist."

Während die Freunde Ankhara, Isis und Osiris stürmisch begrüßen, steht Whoever etwas abseits und hört besorgt zu, was Ankhara erzählt. Sie kennt Ankhara ja noch nicht, da sie erst zu den Freunden gestoßen ist, nachdem Ankhara sich von ihnen getrennt hatte. Wenn es Ankhara möglich war, diesen geheimen Spruch durch Telepathie zu empfangen, dann könnten das andere Wesen sicher auch. War somit der Eingang in das Elfenreich in Gefahr?

Voller Sorge geht sie zu FEEnzauberin hinüber und erzählt ihr, was sie denkt. Aber FEEnzauberin kann ihre Elfenfreundin beruhigen. „Nur Wesen, die nichts Böses im Herzen tragen, können über Telepathie diesen Spruch herausfinden, somit droht keine Gefahr."

Whoever ist sehr erleichtert und geht nun auch zu Ankhara hin, um sie zu begrüßen und sich ihr und ihren Begleitern vorzustellen.

„Hallo Ankhara, ich bin Lucky", begrüßt sie Melvines Freundin. Ankhara freut sich, die kleine Elfe kennenzulernen. "Hallo, Lucky, ich bin Ankhara und meine beiden pelzigen Begleiter hier sind Isis und Osiris." Die beiden Katzen machen eine graziöse Verbeugung und begrüßen die kleine Elfe.

Die übrigen wundern sich, dass sich Whoever bei Ankhara als Lucky vorgestellt hat und Elora spricht sie darauf an. Whoever erklärt den Freunden, dass sie nun wieder ihren richtigen Namen benutzen darf. Alle freuen sich für Lucky, auch wenn es ihnen ein wenig schwer fällt, sich an den neuen Namen zu gewöhnen. In der nächsten Zeit werden sie wohl noch öfter mal Whoever zu ihr sagen.

"Aber nun", sagt Ankhara, "erzähle mir, liebe Melvine. Was ist alles geschehen in der Zeit, in der ich nicht bei euch war?"

Die Seelentöpfchen

Melvine schlägt vor, zuerst einmal nach einem schönen Platz für eine Rast Ausschau zu halten. Elora und Satu lassen sich das natürlich nicht zweimal sagen und galoppieren davon. Wenige Augenblicke später sind sie bereits wieder bei ihren Freunden und berichten von einem ganz tollen Platz.

„Da stehen Haselsträucher in einem richtigen Ring und die Fläche in diesem Ring ist mit Gras bewachsen. Mitten durch diesen Ring fließt ein kleiner Bach hindurch und an diesem Bach wachsen Tausende klitzekleiner Blümchen.“

Elora ist außer Rand und Band und überschlägt sich fast beim Erzählen. „Ich habe solche Blumen noch nie gesehen, sie sind blau und sehen aus wie Sterne.“ „Ja, und die Stängel sind ganz weiß und mit einem weichen Flaum bewachsen“, ergänzt Satu Eloras Erzählung.

Die Freunde brauchen nicht lange, um an diesen wunderschönen Ort zu gelangen. Ja, das ist genau der richtige Platz, um Ankhara all das zu erzählen, was in den letzten Wochen alles geschehen ist, seitdem sie sie im Tal der Kolibris zurück gelassen hatten.

Als die Freunde ihren Bericht beenden, ist es bereits weit nach Mittag. Fly ist die erste, die es entdeckt. Die kleinen blauen Blümchen sind in den vergangenen Stunden mächtig gewachsen, und nun beginnen die sternförmigen Blütenköpfe, sich von ihren Stängeln abzuheben und wie Propeller in die Luft zu schweben. Es ist ein unbeschreibliches Schauspiel.

Ein Stern nach dem anderen verlässt seinen Stängel und erhebt sich in die Höhe. Bald sind die Freunde umgeben von Hunderten fliegender Sterne. Es schwirrt und saust um die Köpfe der kleinen Gruppe und dann verschwinden diese Sterne plötzlich wie auf Kommando in den Himmel.

Sprachlos stehen Melvine, Mellock, Fly und alle anderen da und schauen den Sternen nach. Plötzlich unterbricht Lucky das Schweigen und erklärt den Freunden, was dies für ein sonderbares Schauspiel war.

„Es handelt sich hier keineswegs um normale Blumen. Es sind Seelentöpfchen, in denen, wenn auf der Erde ein Lebewesen stirbt, dessen Seele „parkt", bis es Zeit wird, wieder in einen Körper zu gehen. Jeden Tag werden ganz früh morgens hier die Seelen ausgewählt, die bereit sind, um erneut als Lebewesen auf die Erde zu gehen.

Diese Seelen bilden dann eine Sternenblume aus, die im Laufe des Vormittags heranwächst, bis der Stern die richtige Größe hat, um den Stängel verlassen zu können. Dann geht die Seele auf diesem Stern auf die Reise in das Universum, und dort wartet sie dann geduldig, bis ein Lebewesen geboren wird, dem sie dann ihre Seele geben kann. Das Ganze passiert hier jeden Tag, solange es die Erde gibt."

Die Freunde sind entzückt von der Erklärung für dieses grandiose Schauspiel. Schon oft haben sie sich gefragt, was eigentlich mit all den Seelen geschieht, wenn Lebewesen diesen Planeten verlassen. Die Vorstellung, irgendwann auch einmal als solch ein wundervoller Stern in den Himmel aufzusteigen, erfüllt alle mit großem Glücksgefühl.

Ankhara plagt aber auch noch ein ganz anderes Gefühl: sie hat Hunger. Bereits zweimal hat ihr Magen lautstark seinen Anspruch angemeldet, diesmal knurrt er so laut, dass es die Freunde nicht überhören können. Alle lachen freundschaftlich und bestätigen Ankhara, dass sie nicht alleine mit diesem Gefühl ist. Im Nu hat Melvine mit ihrem Zauberstab und Ankharas Unterstützung wieder ihre Festtafel herbei gezaubert und die Freunde lassen es sich schmecken.

Nach dem Essen brechen sie dann auf, um Luckys Familie zu suchen. Das Elfenreich unterscheidet sich in vielen

Dingen vom Einhornwald, und dennoch ist Ihnen hier alles seltsam vertraut. Alle fühlen sich sehr geborgen und fast wie zuhause.

Die Farbenpracht der Blüten übertrifft die des Einhornwaldes noch um ein Vielfaches. Elora kann es kaum glauben, dass etwas noch bunter sein kann, als all die schönen Schmetterlinge auf Melvines Lichtung. Ihr Schweif und ihre Mähne wirken fast blass dagegen.

Entlang des Weges wachsen herrliche Kristalle aus dem Boden, die eine starke energetische Ausstrahlung haben. Die Freunde spüren deutlich, dass diese Energie ihre Müdigkeit aufhebt, sie fühlen sich auch nach Stunden noch genauso frisch, wie beim Verlassen der Seelenstern-Wiese. Hin und wieder glitzert ein goldenes Kuppeldach aus dem Gras heraus, das Heim einer Elfenfamilie. Gebaut aus klarem Kristall, dennoch kann man nicht hinein sehen. Diese Häuschen sind höchstens einen Meter hoch und bieten doch Platz für die ganze große Elfenfamilie mehrerer Generationen.

Vor einem dieser Häuschen sitzt ein Elfenkind im Sonnenlicht und spielt mit allerlei kleinen Gegenständen, die aus purem Gold zu sein scheinen. Es ist ein sehr niedlicher Anblick und bei jeder Bewegung des Kindes glitzert und funkelt es um die Freunde herum.

FEEnzauberin flattert zu dem Kind hin und erst jetzt bemerkt es die Gruppe. Erschreckt springt es auf und verschwindet im Haus, kommt aber gleich darauf mit drei weiteren kleinen Elfen wieder heraus. Auch die Eltern kommen nun aus dem Kristallhaus in den kleinen Garten und fragen FEEnzauberin, woher sie und ihre Freunde kommen.

Denn eigentlich kennen die Elfen jeden einzelnen, der in diesem Tal wohnt und Fremde kommen nicht sehr oft. Jetzt erst entdecken sie Elora und Satu und sind völlig aus dem Häuschen.

Ein Einhorn haben sie hier im Tal schon lange nicht mehr gesehen, sie gelten als ausgestorben.

Die Elfenmutter, Bakula, bittet die Wandergruppe, hier eine Rast einzulegen, was Elora und ihre Freunde gerne annehmen. Im Nu hat Melvine ihren großen Tisch herbei gezaubert und die kleine Elfenfamilie füllt ihn ruckzuck mit Tee und herrlich duftendem frisch gebackenen Kuchen.

Bakula schickt die Kinder Barika, Ephany, Babakon und Gomeris in den Garten, um für die Einhörner rasch ein paar frische Karotten zu ernten. Alle Elfen wissen, dass dies ein Leibgericht von Einhörnern ist.

Frakul, der Elfenvater, war nochmal kurz im Haus verschwunden und kommt nun mit einem dicken Buch zurück. Der Einband ist aus wertvollem Leder mit Kantenschonern aus echtem Gold. Und ein klitzekleines Schloss verhindert das Öffnen.

Er legt das Buch auf die Bank vor dem Haus und nimmt nun erst mal Platz an der Tafel. Elora und Satu freuen sich sehr über die zarten Karotten und gleich fällt ihnen wieder die Karotten-Schlacht im Einhornwald ein, als sie noch klein waren.

Aus diesem Alter sind sie nun definitiv heraus und sehr gesittet verputzen sie nun das junge Gemüse.

Während nun alle an der Tafel sitzen, kann es Bakula kaum erwarten, mehr über die Einhörner zu erfahren. Alle hier im Tal dachten, dass es keine Einhörner mehr gäbe. Umso erfreuter sind sie nun, dass offenbar die Prophezeiung doch noch wahr werden kann.

Ein besonderes Buch

Bakula erzählt von dem Buch, in dem die Prophezeiung aufgeschrieben ist. Eine sehr schöne Geschichte. Sehr überrascht sind die Freunde, als Frakul das Buch von der Bank holt, mit einem winzigen Schlüsselchen das kleine Schloss öffnet und es dann aufgeschlagen den Freunden reicht.

Neben viel Text enthält es auch ganzseitige Bilder. Bilder von den Felsenwänden im Kolibri-Tal. Es sind exakt dieselben Bilder, die sie dort gesehen hatten und offenbar verändern auch die Bilder in diesem Buch sich ständig. Es hatte nur sehr lange niemand mehr das Buch angeschaut, und daher auch nicht den weiteren Verlauf gesehen.

Als sie nun in dem Buch blättern, sieht man Bilder von den Freunden auf der Wiese mit den Seelentöpfchen, man sieht sie im Raumschiff mit Theklaris, am Wasserfall mit den Wasserlingen. Dann kommen nur noch lauter Seiten mit Text, in dem beschrieben wird, dass es dem Regenbogen-Einhorn gelingen wird, den Herrn der Finsternis für immer unschädlich zu machen. Weiter hinten gibt es noch ein paar Bilder, mit denen sie aber alle nichts anfangen können. Diese zu deuten gelingt erst dann, wenn sie dem Geschehen näher kommen.

Melvine fragt Frakul, ob er ihr das Buch anvertraut, damit sie es mit auf die weitere Reise nehmen kann. Sicher werden die Zeichnungen darin mit fortschreitender Reise weiter ergänzt und können dann vielleicht eine große Hilfe für Elora sein. Gerne stimmt Frakul zu, legt das Buch aber vorerst wieder auf die Bank.

Da der Tag nun schon weit fortgeschritten ist, beschließen die Freunde, die Nacht hier zu verbringen. Elora hat eine kleine Rasenfläche entdeckt, die ideal zum Schlafen für die Einhörner ist. Dort kann man vor dem Einschlafen noch im Liegen genüsslich ein paar zarte Grashalme naschen.

Melvine glaubt sich und die Freunde hier im Tal der Elfen in Sicherheit und verzichtet daher auf die Schutzglocke. Aus einer ihrer Rocktaschen holt sie eine klitzekleine Hängematte heraus, die sofort groß wird, als sie ans Licht kommt, und sich ganz von selbst an zwei Bäumen befestigt. Wieder einmal staunt Satu, was Melvine alles in ihrem Rock herum schleppt.

Als es dunkel wird, legen sich alle zur Ruhe, niemand denkt mehr an das Buch, das noch immer auf der Bank vor dem Elfenhäuschen liegt. Es bemerkt auch niemand, als sich tief in der Nacht eine Gestalt dem Häuschen nähert, das Buch einsteckt und verschwindet. Erst am anderen Morgen bemerken sie den wertvollen Verlust.

Niemand hat auch nur die geringste Ahnung, wer es gestohlen haben könnte. Im Grunde kann auch niemand etwas damit anfangen, denn das kleine Schloss kann nur mit dem passenden Schlüssel geöffnet werden. Es kann auch nicht geknackt werden, da ein Zauber darauf liegt. Somit ist es für den Dieb vollkommen nutzlos.

Ankhara hat nur eine einzige Erklärung dafür: „Da will jemand nicht, dass wir die weiteren Felsenzeichnungen sehen." Ja, auch Melvine und Mellock denken, dass dies der Grund für den Diebstahl ist. Aber wer könnte es denn gestohlen haben? Hier im Tal der Elfen, wo es eigentlich keine bösen Wesen gibt. Der Herr der Finsternis vielleicht?

Aber das würde ja dann bedeuten, dass er sie bereits gefunden hat und einen Zugang zum Tal entdeckt hat. Dass er bereits in der Nähe ist und dass damit die Einhörner in großer Gefahr schweben.

Aber wenn er es war, weshalb hat er dann nicht einfach Satu und Elora getötet oder ein Bann über sie gelegt, so wie damals bei Zenta? Nein, er kann es nicht gewesen sein, es muss einen anderen Grund geben.

So sehr sich auch alle den Kopf zerbrechen, sie können dieses Rätsel heute nicht lösen. Daher brechen sie nach dem Frühstück auf, denn sie haben ja eine Mission zu erfüllen.

Der Weg führt sie nun weiter durch diese zauberhafte Landschaft, überall stehen am Wegesrand diese hübschen, kleinen Elfenhäuser und alle, denen sie begegnen, sind freundlich. Die Sonne geht bereits unter, als Lucky plötzlich ganz aufgeregt ruft: „Da vorne, das nächste Häuschen, das unter dem großen Farn, das ist mein Zuhause.

Nun kann sie sich nicht mehr halten, ihre kleinen glitzernden Flügelchen überschlagen sich fast und verursachen ein flirrendes Geräusch. Im nächsten Augenblick landet sie vor der Türe des kleinen Gebäudes. Noch bevor sie die Gelegenheit hat, die Glockenblume neben der Türe zu läuten, öffnet sich die Türe bereits und ein Elfchen, das große Ähnlichkeit mit Lucky hat, kommt heraus. Ihm folgen noch einige andere Elfen.

Die Freunde sind in einiger Entfernung stehen geblieben und beobachten die freudige Begrüßungs-Szene. Die Umgebung um das Kristallhäuschen leuchtet abwechselnd in sanften, strahlenden Farben und alle Glockenblumen in der Nähe haben angefangen zu läuten. Nach einer Weile kommen die anderen näher und erneut beginnt ein herzliches Hallo, als Lucky ihrer Familie die Freunde vorstellt.

Nachdem Luckys Freunde alle Mitglieder ihrer Familie kennen gelernt haben und das Begrüßungszeremoniell abgeschlossen ist, macht sich Melvine daran, eine Bleibe für sie und die ganze Truppe zu erschaffen, in der sie die nächste Zeit wohnen werden. Die hübschen kleinen Kristallhäuschen der Elfen faszinieren Melvine so sehr, dass sie beschließt, ihre eigene Bleibe im gleichen Stil zu erschaffen.

Umständlich kramt sie in den Weiten ihrer Rocktasche, um nach ihrem Zauberstab zu suchen. Wo hat der sich nur wieder versteckt? Aaah, da ist er ja.

Kurz darauf sprießt aus der Erde ein Bauwerk Reihe um Reihe empor, als wenn unsichtbare Handwerker ihr Werk vollbringen. Ein wunderschönes Kristallhaus entsteht, das sich von seinen Vorbildern nur in einem einzigen Punkt unterscheidet: es ist um ein vielfaches größer. Schließlich muss es zwei menschengroße Zauberinnen, zwei Einhörner, zwei Kobolde, zwei Katzen, eine Fee, ein Eichhörnchen und eine Elfe beherbergen. Lucky wohnt natürlich dieses Mal nicht bei ihnen, sondern bei ihrer Familie.

Als das Haus fertig ist, richtet Melvine es noch gemütlich ein, sogar ihr geliebter Wasserkessel zum Teekochen fehlt nicht. Die große Terrasse vor dem Haus bietet reichlich Platz für alle, auch für Luckys Familie. Bald duftet es nach frischem Tee und alle machen es sich gemütlich.

Es wird sehr spät an diesem Abend, soviel gibt es zu erzählen und die Sonne blinzelt bereits wieder mit den ersten Strahlen in das Tal, als die kleine Gesellschaft endlich beschließt, zur Ruhe zu gehen.

Fünfundzwanzig kleine Mäuse

In den nächsten Tagen hier im Tal der Elfen lernen Elora und ihre Freunde viele neue Wesen kennen.

Da ist die alte Schneckendame Malonka mit dem riesigen Haus aus Perlmutt auf dem Rücken, die so wundervoll Geschichten erzählen kann. Oder die Mäusefamilie Mukato und Surina mit ihren 25 Kindern, deren Namen sich selbst die Eltern nicht merken können, die stets für Verwirrung sorgen und wo kein Auge trocken bleibt. Und natürlich neben Luckys Familie jede Menge andere Elfen.

Eines Morgens erwacht Elora durch ein seltsames Kitzeln an ihren Nüstern. Sie muss gleich dreimal hintereinander niesen und hört anschließend ein merkwürdig fiependes Gelächter. Sie richtet sich auf und schaut sich um, kann aber nichts entdecken. Erst als sie es sich wieder auf ihrem Bett aus duftendem Heu gemütlich machen will, bemerkt sie das kleine Mäusekind, das sich zwischen den Halmen ihres Lagers versteckt hat.

„Na du bist mir ja ein Frechdachs, mich um diese frühe Uhrzeit zu wecken, du kleiner Scherzbold", sagt Elora mit einem vergnügten Lächeln in den Augen. „Wer bist du denn?"

Das kleine Mäuslein kommt zwischen den Halmen hervor und stellt sich artig vor. „Ich bin Rinka und wohne mit meinen Eltern, neun Schwestern und fünfzehn Brüdern dort drüben unter dem Farn. Mir war langweilig, weil die alle noch schlafen und da bin ich ein bisschen spazieren gegangen und habe dich hier entdeckt."

Auch Elora stellt sich nun vor und erzählt dem Mäuslein von ihren Freunden aus dem Einhornwald. Nach und nach kommen weitere Mäusekinder dazu, fünf, nein acht…, und noch mehr. Bei fünfzehn hört Elora auf zu zählen.

Auch Satu ist inzwischen erwacht und staunt nicht schlecht, beim Anblick so vieler Mäuslein, die sich auf Eloras Bett tummeln. „Wir können tolle Kunststücke“, sagt eines der Mäusekinder gerade zu Elora. „Dürfen wir euch welche zeigen?“

Natürlich möchten Satu und Elora die Kunststücke sehen und bald ist ein buntes Gewusel auf Eloras Bett zugange. Die Mäuse springen in die Luft und schlagen Salto, fassen sich an den kleinen Pfötchen und tanzen. Einige bilden eine lebendige Treppe, über die die restlichen mit großen Sprüngen nach oben klettern um von ganz oben dann mit einem dreifachen Salto wieder nach unten zu springen. Ihre Kunststücke sind wirklich sehenswert, sie könnten in einem Zirkus auftreten.

Mittlerweile sind auch die übrigen Freunde erwacht und haben sich zu Elora und Satu gesellt, um die Vorführung der Mäuslein zu bestaunen. In den nächsten Tagen sind die kleinen Mäuse noch häufig bei den Freunden und sorgen mit allerlei Streichen für Wirbel.

Jasta und Bubak

Die Zeit vergeht unmerklich, irgendwie scheinen hier die Uhren anders zu gehen. Keinem aus der kleinen Freunde-Gruppe scheint es aufzufallen, dass es sich nicht um Tage handelt, seit sie hier angekommen sind, sondern bereits um viele Monate.

Eines Morgens schaut Satu ihre noch schlafende Freundin Elora an und plötzlich fällt ihr auf, dass sich diese irgendwie verändert hat. Sie sieht gar nicht mehr wie ein Fohlen aus, sie ist eine richtig hübsche Einhorn-Stute geworden. Satu wundert sich. Sie steht auf und geht zum nahen Bach hinüber, um ihr Spiegelbild zu betrachten. Sie staunt nicht schlecht, als sie erkennt, dass auch sie selbst inzwischen erwachsen ist. Wie ist denn das möglich?

Verwirrt und aufgeregt geht sie zu Elora zurück, stupst sie mit der Nase wach und erzählt ihr, was sie entdeckt hat. Ungläubig geht nun auch Elora zu dem Bach und kann kaum fassen, was sie darin sieht. Wo ist denn nur die Zeit geblieben? Geht das mit rechten Dingen zu?

Die beiden Einhörner können es kaum erwarten, bis ihre Freunde endlich aufwachen und einer nach dem anderen bei ihnen erscheint. Nein, auch den anderen war es bisher nicht aufgefallen, dass bereits so viel Zeit vergangen ist.

Lucky ist ein wenig verlegen, weil sie vergessen hatte, den Freunden zu erzählen, dass hier im Elfenland ein anderes Zeitgefühl herrscht, was sie nun nachholt. Es stellt sich heraus, dass nach gewohnter Einhornwald-Zeitrechnung bereits über ein Jahr vergangen ist, seit sie damals im Kolibri-Tal aufgebrochen sind, um die Heimat von Lucky kennen zu lernen.

Ein wenig enttäuscht ist Elora darüber, dass sie dadurch ihren zweiten Geburtstag verpasst hat. Aber die Freunde versprechen ihr, das Fest in den nächsten Tagen einfach nachzuholen.

Während die Freunde noch völlig aufgeregt über die unbemerkte Veränderung von Elora und Satu sprechen, kommt Malonka, die Schnecke dazu. Sie hat etwas gehört, was sie unbedingt weitererzählen muss.

„Hallo, ihr alle zusammen", ruft sie schon von weitem. „Ich habe etwas ganz tolles gehört, das solltet ihr wissen". Die Freunde drehen sich zu ihr um und gehen ihr den Rest des Weges entgegen, weil das schneller geht, als zu warten, bis sie zu ihnen gerutscht ist.

„Hallo Malonka, was gibt es denn für tolle Neuigkeiten? Du bist ja ganz aufgeregt?" fragt Melvine. Die alte Dame verschnauft einen Moment und erzählt dann, ein Kolibri sei hier im Tal gewesen und habe davon berichtet, dass zwei neue Einhörner das Licht der Welt erblickt hätten.

Die Freunde wissen natürlich sofort, dass hier nur die Rede von Conways und Zentas Zwillingen sein kann. Ein Riesenjubel bricht aus, Satu und Elora machen wilde Sprünge und verheddern dabei fast ihre langen Beine. Mellock wirft ein um das andere Mal seinen knautschigen Hut in die Luft, Storm rast wie eine Verfolgte an Fly hoch, springt dann von ihrem Kopf hinüber zu Ankhara, von dort auf den Rücken der Katze Osiris und dann wieder an Fly hoch.

Die alte Schnecke schüttelt verwundert den Kopf. „Ganz schön verrückt, diese Fremden", denkt sie und zieht sich erst mal in ihr Schneckenhaus zurück. Das ist ihr hier alles zu laut.

Im Kolibri-Tal tollen unterdessen zwei niedliche weiße Einhorn-Fohlen umher. Ihre Namen sind Jasta und Bubak. Jasta ist ein Stutenfohlen, Bubak ein kleiner Hengst. Conways schwarze Farbe hat sich auf keines seiner beiden Kinder übertragen, worüber Zenta innerlich sehr froh ist. Denn Einhörner sind nun mal seit jeher weiß.

Ebenso wie damals Elora erfreuen sich die beiden an den bunten, schillernden Farben der herrlichen Schmetterlinge, die es ja in diesem Tal zu Tausenden gibt. Jeden Tag entdecken die beiden etwas Neues, worüber sie aufgeregt ihren Eltern berichten. Abends lauschen sie mit großer Begeisterung den Geschichten, die ihnen Conway und Zenta erzählen. Und natürlich möchten sie nichts lieber, als endlich Elora und ihre Begleiter kennen zu lernen.

Con und Zenta haben sich inzwischen sehr gut im Kolibri-Tal eingelebt, es kommt ihnen vor, als seien sie immer hier gewesen, schon viele Jahre lang. Es ist genau der richtige Ort, um zwei Einhorn-Fohlen aufzuziehen. Jasta und Bubak machen ihnen viel Freude und es gibt nur eines, was Zenta und Con in diesen Zeiten Sorge bereitet: die Furcht davor, der Herr der Finsternis könnte ihre beiden Kinder aufspüren und mit einem bösen Zauber belegen oder gar töten.

Was mag wohl aus Elora und den anderen geworden sein? Ob sie wohl schon etwas gegen diese böse Macht erreichen konnten? Sie sind nun schon so lange weg. Viele neue Zeichnungen hat es an den Felsenwänden gegeben, mit teilweise recht beängstigenden Szenen. Aber wirklich schlau werden sie nicht daraus.

Schon einige Male hat die Koboldin Macbeah daher versucht, telepathisch Kontakt mit ihnen aufzunehmen. Aber irgendwie klappt dies nicht, es ist merkwürdig, die Freunde scheinen wie abgeschnitten zu sein.

Im Elfen-Tal haben sich die Freunde inzwischen wieder beruhigt. Ankhara, die ja eine Meisterin der Telepathie ist, versucht nun ihrerseits, Kontakt mit den zurückgebliebenen Freunden aufzunehmen. Und weil sie es in diesem Augenblick gleichzeitig mit Macbeah versucht, kommt auch tatsächlich eine Verbindung zustande.

Sie übermittelt Macbeah alle Neuigkeiten aus dem Tal der Elfen und Macbeah „erzählt" alles Wissenswerte vom Kolibri-Tal. Der Herr der Finsternis ist also bisher weder hier noch dort wieder in Erscheinung getreten. Das wundert die Freunde natürlich sehr. Ob er bereits etwas ausheckt?

Vorsichtshalber kalkulieren die Freunde ein Erscheinen dieser bösen Macht in nächster Zeit ein. Viel zu lange schon hat sie sich ruhig verhalten. Und als ob sie allein durch diese Gedanken ihr Erscheinen heraufbeschwören, gibt es in den kommenden Tagen unerklärliche Geschehnisse im Tal der Elfen.

Goldene Fäden

Zunächst aber halten es alle für einen guten Zeitpunkt, Eloras verpassten zweiten Geburtstag und die Geburt der Zwillinge zu feiern. Die eingeladenen Gäste könnten nicht unterschiedlicher sein.

Alle Elfen des Dorfes sind natürlich dabei, Malonka, die Schnecke und die komplette Mäusefamilie ebenfalls. Auch ein Reh aus dem Wald und einige Vögel. Es wuselt nur so auf dem Vorplatz von Melvines Kristallhaus.

Die Elfen haben sich ein ganz besonderes Geschenk für Elora ausgedacht. Sie haben eine Spule Garn aus echtem Gold gesponnen und die eingeladenen Vögel weben diesen Faden nun in die Mähne und in den Schweif von Elora ein. Das können sie perfekt, da sie für den Nestbau ganz besonders geschickt sind, Fäden zu verweben.

Satu schaut dem sehr beeindruckt zu und stellt innerlich ohne jeden neidvollen Gedanken fest, dass ihre Freundin umwerfend schön ist. Sie ahnt nicht, dass die Elfen auch für sie selbst diese Überraschung vorbereitet haben. Als die Vögel bei Elora fertig sind, kommen sie zu Satu und beginnen, ihr ebenfalls goldene Fäden ins Haar zu weben.

Satu kennt ihr Geburtsdatum nicht und kann daher nie ihren Geburtstag feiern. Deshalb hat Elora die Elfen und Melvine gebeten, auch für Satu ein Fest auszurichten, so, als wäre sie ihre Zwillingsschwester.

Satu kann es kaum fassen, dass Elora ihr diese Freude bereitet und sie ebenfalls heute mit ihr Geburtstag feiern darf. Sie ist so gerührt, dass ihr zwei dicke Tränen über das Gesicht kullern. Während sie da steht und die Vögel ihr die goldenen Haare einweben, kann sie beobachten, wie die ganze Elfenschar des Dorfes um Elora herum flattert. Noch nie hat sie etwas Schöneres gesehen.

Der Herr der Finsternis

Einige Kilometer von dem Dorf entfernt, in dem Luckys Familie zuhause ist, gibt es einen großen Wald mit mehreren Höhlen in niedrigen Felsenbergen. Das Reh, welches bei Eloras Geburtstagsfeier dabei war und dort im Wald lebt, berichtet den Dorfbewohnern eines Morgens, es habe seltsame und unheimliche Geräusche aus einer der Höhlen dringen gehört. Und außerdem sei ein kühler Wind aus der Höhle herausgeweht.

Ein Sperling, der ebenfalls in der Nähe dieser Höhle sein Nest hat, berichtet von großen Fußspuren, die seit ein paar Tagen um die Höhle herum zu sehen seien. Aber niemals sei irgendein Wesen sichtbar, das diese Spuren hinterlassen könnte.

Die Freunde vermuten natürlich sofort, dass hinter diesen Beobachtungen der Herr der Finsternis steckt. Also hat er sie doch aufgespürt, hier im Tal der Elfen. Wie ist er nur hier herein gekommen? Er kann doch unmöglich die Fragen der Wasserlinge richtig beantwortet haben, da er nicht reinen Herzens ist…

Was die Freunde natürlich nicht wissen ist, dass der Herr der Finsternis die Freunde schon vor dem Wasserfall, der den Eingang ins Tal der Elfen bildet, aufgespürt hatte und ihnen gefolgt ist. Bevor die Freunde den Wasserfall durchquerten, hatte er seine Fähigkeit, unterschiedliche Gestalten anzunehmen, dazu genutzt, sich in eine Raupe zu verwandeln und sich in einer Karotte einzunisten, die Satu dann als Abendessen verspeiste. Ein weiterer Zauber schützte ihn vor den Magensäften und anderen Verdauungseinrichtungen.

Erst im Tal der Elfen verließ er Satus Körper unbeschadet wieder auf natürlichem Wege und hatte somit den Eingang in das Tal der Elfen überwunden, ohne irgendeine Frage beantworten zu müssen.

Weshalb er nicht bereits vor dem Tal der Elfen sein böses Werk, die Einhörner zu vernichten, beendete, hat einen ganz besonderen Grund. Schon lange wollte er Zugang zu diesem Tal finden, was ihm bislang aber nie gelungen war, weil er trotz Zauber nur im Magen eines Einhornes die Verdauungsprozedur überleben konnte.

Dass es nun über ein Jahr dauerte, bis er wieder aktiv wurde, hat ebenfalls einen sehr einfachen Grund: Als Raupe hatte er nicht die Fähigkeit, sich zurück zu verwandeln und musste die Stadien der Verpuppung abwarten, bis die Larve sich in einen Schmetterling verwandeln konnte. Nur in diesem kurzen Augenblick des Schlüpfens hatte er Gelegenheit sich statt in einen Schmetterling wieder in seine ursprüngliche Gestalt zu verwandeln. Und genau dies ist vor wenigen Tagen geschehen.

Nun bereitet er in seiner Höhle einen Zauber vor, mit dem er die beiden Einhörner Satu und Elora mit einem Bann belegen kann, der alles Gute in ihnen zum Erlöschen bringen wird. Er glaubt sich damit am Ziel seiner grausamen Mission, alle Einhörner und damit alles Gute auf dieser Welt vernichtet zu haben.

Er weiß nichts davon, dass es Zenta mit Hilfe der Freunde gelungen ist, ihren Bann zu brechen und wieder ein Einhorn zu werden. Er weiß auch nichts davon, dass Conway mit Hilfe eines Zaubers von ihm unentdeckt blieb und es seitdem ein schwarzes Einhorn gibt. Und natürlich weiß er auch nichts von den beiden Fohlen Jasta und Bubak, den beiden niedlichen Kindern von Con und Zenta, die im Kolibri-Tal fröhlich die Welt entdecken.

Tief drinnen in seiner Höhle brennt ein magisches Feuer, über dem ein großer Kessel hängt. In diesem Kessel kocht eine eklige, schleimige Flüssigkeit, der er immer wieder irgendwelche Kräuter und andere Zutaten beimengt. Während er diese „Suppe" umrührt, murmelt er pausenlos seltsame Wörter. Gelber Dampf steigt aus dem Kessel empor.

„Das wird ein feiner Zaubertrank“, denkt er, „und der wird mich endlich zum Alleinherrscher der Erde machen, auf der es nichts Gutes mehr geben wird.“

Die Begegnung

Nachdem die Mäusefamilie von den sonderbaren Vorkommnissen im Wald erfahren hat, beschließen Mukato und Surina der besagten Höhle einen Besuch abzustatten und sich dort einmal umzusehen. Als Mäuse sind sie dort völlig unverdächtig und können alles auskundschaften. Ihre Kinder wissen sie bei Elora und ihren Freunden in guter Gesellschaft, also brechen sie in den frühen Morgenstunden zum Wald auf. Mit ihren kleinen Füßchen dauert es natürlich einige Zeit, bis sie die Höhle erreichen. Es ist schon fast Mittag, als sie dort eintreffen.

Ein sehr seltsamer Geruch kommt ihnen aus der Höhle entgegen und es ist ihnen nun doch ein wenig unheimlich. Aber sie fassen all ihren Mäuse-Mut zusammen und trippeln nun in den dunklen Schlund des Berges. Schon aus einiger Entfernung können sie das Feuer erkennen, über dem der große Zauberkessel hängt. Nach wie vor steigt der gelbe, stinkende Rauch daraus empor.

Und nun sehen sie ihn auch, den Herrn der Finsternis, wie er da neben seinem Kessel steht und Zutaten in die Flüssigkeit wirft. Eine mächtige Gestalt, furchterregend, mit einem langen Mantel, an dessen Schulterpartie merkwürdige Hörner nach oben stehen.

Die Augen der Gestalt leuchten unwirklich und nun bekommen es die Mäuslein doch mit der Angst zu tun. Sie möchten lieber nicht entdeckt werden, um nicht noch am Ende als Zutat in diesem riesigen Topf zu landen.

Sie haben auch genug gesehen, rasch kehren sie nun um und verlassen diesen schaurigen Ort wieder.

Ihr Töchterchen Rinka hatte den Freunden davon erzählt, dass ihre Eltern heute die Höhle auskundschaften wollten. Natürlich machten sich nun alle große Sorgen, da sie wissen, zu was diese böse Macht fähig ist. Isis und Osiris, die Katzen von Ankhara, haben sich sofort aufgemacht, um den Mäuslein entgegen zu eilen und sie notfalls zu verteidigen. Sollte er nur kommen dieser Herr der Finsternis. Mit seinen Zauberkräften würden sie es schon noch aufnehmen. Schließlich haben auch sie große Zauberkraft. Und notfalls würden sie ihm mit ihren messerscharfen Krallen die Augen auskratzen…

Als sie nun den Eingang der Höhle erreichen, kommen ihnen gerade Mukato und Surina entgegen, die sich mächtig freuen, die beiden zu sehen. „Nichts wie weg hier…, sagt Mukato, da drin geht es nicht mit rechten Dingen zu.“

„Kommt, steigt auf, dann geht es schneller“, sagt Isis. Und mit einem großen Satz nimmt Mukato auf dem Rücken von Osiris und Surina auf dem von Isis Platz. Der Ritt auf den beiden pfeilschnellen Katzen macht den beiden so viel Spaß, dass die Angst, die sie in der Höhle hatten, schnell wieder vergessen ist.

Zurück im Elfendorf versammeln sich alle vor Melvines Kristallhaus und lauschen gespannt dem, was die Mäuslein zu berichten haben.

„Wie wir schon vermutet hatten“, sagt Ankhara, „der Herr der Finsternis hat den Weg in dieses Tal gefunden und arbeitet bereits an dem Zaubertrank, mit dem er Elora und Satu mit seinem grausamen Bann belegen kann.“

Allen läuft ein eisiger Schauer über den Rücken.

Kriegsrat

Eine heiße Diskussion entfacht, jeder weiß etwas dazu zu sagen, aber wirklich hilfreich ist nichts von alledem.

Elora ist derweil ganz still geworden. Ihre Gedanken sind wieder im Tal der Kolibris mit den Zeichnungen an den Felswänden, die sich ständig verändert hatten. Sie muss unbedingt die Bedeutung der letzten Bilder entziffern, denn nur sie ist in der Lage, das Werk des Herrn der Finsternis zu stoppen und das Gute in der Welt zu retten.

Nächtelang hat sie schon wach gelegen und darüber gerätselt, was ihr die letzten Bilder sagen wollten. Nur wenn sie es schafft, die Botschaft zu entschlüsseln, kann sie es verhindern, dass die finstere Gestalt Satu und sie selbst mit einem Bann belegt. Doch so sehr sie sich auch anstrengt, sie schafft es einfach nicht. Und inzwischen drängt die Zeit.

Wenn sie nur das Buch der Elfenfamilie bei sich hätte. Da gäbe es bestimmt schon neue Skizzen, die ihr die Deutung erleichtern könnten. Aber es ist nach dem Diebstahl damals nicht wieder aufgetaucht.

Da kommt ihr ein Gedanke. Nichts auf der Welt geschieht ohne Grund. Es muss also einen Grund dafür geben, weshalb sie Satu, Melvine, Ankhara und alle anderen Freunde hier bei sich hat. Sicher haben die auch eine Rolle zu spielen bei ihrem Auftrag. Und alle die neuen Freunde hier im Tal der Elfen - auch sie hat sie sicher nicht zufällig kennen gelernt.

Also hat jeder von ihnen sicherlich einen Part beizutragen zu dem ganzen Rettungsplan. Sie steht auf, stellt sich in die Mitte der Runde und fängt an, den anderen ihre Gedanken mitzuteilen. Es entsteht für einen kurzen Moment ein überraschtes Schweigen.

Für einen Augenblick geht jeder seinen eigenen Gedanken nach und dann fangen plötzlich alle gleichzeitig an zu reden. Alle plappern durcheinander, keiner versteht mehr irgendwas, bis Melvine mit ihrer energischen Stimme „Ruhe" in die Runde brüllt. Erneut ist es wieder mucksmäuschenstill und alle schauen Melvine erschrocken und verlegen an.

„Wenn alle gleichzeitig reden, erreichen wir überhaupt nichts", sagt nun Fly mit ihrer Feenstimme. „Natürlich hat Elora Recht, dass wir alle unseren Teil beizutragen haben", fügt sie noch hinzu. „Wir sollten uns daher jeder für sich einmal überlegen, wie wir Elora unterstützen können. Jeder nimmt sich ein Blatt Papier und schreibt mal auf, was ihm dazu einfällt, egal, ob es machbar scheint oder nicht, einfach ALLES!"

„Das ist eine sehr gute Idee", lobt nun Mellock diesen Vorschlag. „Vielleicht sollten wir kleine Arbeitsgruppen bilden, in kleinen Gruppen arbeitet man meiner Erfahrung nach effektiver als in einem großen Haufen oder für sich alleine."

„Da hast du völlig Recht", sagt nun Ankhara. „Satu und Elora können zusammen mit den Mäusen eine Gruppe bilden. Die nächste Gruppe besteht aus Melvine, mir und Mellock. Storm, Malonka und die beiden Katzen wären auch eine gute Gruppe, bleiben noch Fly, FEEnzauberin und Lucky als vierte Gruppe."

Alle finden Ankharas Vorschlag gut und so ziehen sich vier Arbeitsgruppen zum Kriegsrat zurück.

Das erste Puzzleteil

Elora, Satu und die komplette Mäusefamilie haben es sich auf Eloras Bett gemütlich gemacht, Rinka, die bereits in die sechste Schulklasse geht, hat es übernommen, die Notizen zu machen. Einige interessante Stichpunkte stehen bereits auf ihrem Zettel.

Es ist mit den 25 Mäusekindern allerdings ein wenig schwierig, Ruhe zu bewahren und klare Gedanken zu fassen. Daher entschließen sich Mukato und Surina, abwechselnd mit den kleineren Kindern spielen zu gehen. Nur die größeren Kinder, die bereits mindestens in die vierte Schulklasse gehen und die auch mal still sitzen können, dürfen in dem Arbeitskreis bleiben. Diese Lösung erweist sich als sehr gut und die Liste der Stichpunkte wächst erfreulich an.

Auch in den anderen Gruppen wird konzentriert gearbeitet und überall werden fleißig Ideen gesammelt, wie man Elora unterstützen könnte.

Während die Freunde so in ihre Gedanken vertieft sind, bemerken sie nicht, dass sich eine Gestalt ihrem Lager nähert. Es ist eine große Gestalt, die so gar nicht in dieses beschauliche Tal mit den kleinen Lebewesen zu passen scheint. Eine Gestalt mit grüner Haut, die übersät ist mit seltsamen bräunlichen Beulen. Die Gestalt geht auf allen Vieren, am Rücken entlang zieht sich ein Zackenkamm und an den Schultern hat sie zwei riesengroße Flügel.

Nun hat die Gestalt das Lager von Elora erreicht und der Schatten ihres großen Kopfes schiebt sich über Eloras Bett. In diesem Moment fangen alle Mäuse in panischer Angst an, wie verrückt zu piepsen. Das hatte die Gestalt nicht gewollt, sie wollte niemanden erschrecken.

Satu und Elora sehen angstvoll nach oben, um gleich
darauf in ein großes Freudengewieher auszubrechen. Es ist Iri
der Drache, ihre gute Freundin, die sie vor einer langen Zeit am
rosafarbenen See zurück gelassen hatten.

„Wie kommst du denn hierher?" Satu findet als erste ihre
Sprache wieder. Schnell werden alle Freunde wieder vor dem
Kristallhaus auf der großen Terrasse versammelt, um Iris Bericht
ebenfalls anhören zu können und um den neuen Freunden Iri
vorzustellen.

Dann berichtet Iri, dass sie seit einiger Zeit nachts
seltsame Träume hatte, in denen stets Elora vorkam, die aber
dennoch nicht schön waren. In einem der letzten Träume war
dann auch der Herr der Finsternis aufgetaucht und da wusste Iri,
dass Elora Hilfe brauchte. So hatte sich Iri auf den Weg gemacht,
ihre Freunde zu suchen. Hoch über den Wolken war sie umher
geflogen und hatte nach ihnen Ausschau gehalten. Dabei war sie
auch über das Tal der Kolibris gekommen und hatte ihre
Herzensfreundin Macbeah wieder gefunden. Von ihr hatte Iri

dann erfahren, dass Elora und die übrigen Freunde im Tal der Elfen waren.

Natürlich hatte sie sich sofort auf den Weg dorthin gemacht, aber fliegend kann man dieses Tal nicht erreichen. Aus der Luft ist es für kein Auge sichtbar. Man muss unbedingt durch den Wasserfall, sie aber kannte leider nicht den Zauberspruch, mit dem man den Wasserfall durchqueren konnte. So verbrachte sie einige Tage dort am Eingang zum Tal in der Hoffnung, ein wunderbarer Zufall käme ihr zu Hilfe, was dann auch tatsächlich geschah.

Eine Schwester von Lucky, die eine Freundin am Wasserfall abholen wollte, erinnerte sich bei Iris Anblick an die Geschichten, die Elora und ihre Freunde ihr und ihrer Familie bei deren Ankunft erzählt hatten. Darin war ein grünes Drachenmädchen vorgekommen, dem dieser Drache hier sehr ähnlich schien.

Daher flog sie zu Iri hin und fragte sie nach ihrem Namen. Und als Iri ihr dann auch noch komplett die Namen aller Freunde aus Eloras Begleit-Gruppe aufzählen konnte, war sie sich sicher, dass es wirklich Iri war, die hier versuchte, ihren Freunden in das Tal der Elfen zu folgen.

Sie verriet Iri den Spruch und so war es ein Leichtes für sie, den Wasserfall zu durchqueren. Denn die Frage der Wasserlinge konnte sie problemlos beantworten.

„Nun bin ich also hier und habe keine Ahnung, wie ich Elora helfen könnte, den Herrn der Finsternis unschädlich zu machen.“

„Das wird sich schon noch finden“, sagt Elora, ohne zu diesem Zeitpunkt zu ahnen, welch wichtige Rolle Iri bei ihrem Vorhaben tatsächlich spielen sollte. „Jedenfalls freuen wir uns alle sehr, dass du hier bist.“

Melvine kramt inzwischen schon seit einigen Minuten in ihrem Rock herum und kann ihren Zauberstab einfach nicht finden. Sehr leise flucht sie vor sich hin, aber Mellocks gute Ohren hören es trotzdem.

„Versuch es mal in der Tasche auf der anderen Seite, mein liebes Melvinchen, ich meine, du hättest ihn da hinein gegeben." Und tatsächlich, nun hält sie das gute Stück in den Händen und in Sekundenschnelle hat sie ein weiteres Kristallhaus herbei gezaubert. Noch größer als ihr eigenes, mit einem höhlenähnlichen Eingang, groß genug, um Iri zu beherbergen.

Und wo sie ihn nun schon in der Hand hat, lässt sie auch gleich noch eine große Festtafel auftauchen, gefüllt mit den leckersten Dingen. Für jedes Wesen der Gruppe ist das geeignete Essen und Trinken darauf.

Satu freut sich über eine große Schüssel voll mit jungen Karotten. Ach wie sehr sie junge Karotten liebt. „Melvine, Du bist ein Schatz!!"

Für die Elfen stehen kleine Kelche aus umgedrehten Glockenblumen auf dem Tisch, gefüllt mit herrlichem Nektar und Honig, Mellock findet eine große Schale mit Kräutern und Nüssen vor, angemacht mit einer leckeren Marinade…

Nach der Mahlzeit lässt Melvine mit einer einzigen Handbewegung und mit Hilfe Ihres Zauberstabes alles wieder vom Tisch verschwinden und bittet nun die Freunde, ihre Notizen hervor zu holen. Einige gute Vorschläge sind zusammen gekommen, die Elora dabei helfen, die Zeichnungen der Felsen zu deuten. Und das wichtigste Puzzleteil für diesen Tag ist das Auftauchen von Iri.

Plötzlich weiß Elora, was die Zeichnung mit dem großen Drachen bedeuten soll, der hoch über den anderen fliegt und einen Kessel mit einer Flüssigkeit ausgießt. Der Drache musste

Iri sein und der Kessel ist der aus der Höhle des Herrn der Finsternis mit dem Zaubertrank. Ja, nun sieht sie es ganz klar, sie soll die böse Macht mit ihrer eigenen Waffe unschädlich machen.

Zum ersten Mal, seit sie an den Felsen mit den Zeichnungen gestanden hatte, überkommt sie ein Gefühl des Triumphes. Nun kann sie daran glauben, es zu schaffen, die böse Macht zu besiegen. Glücklich fällt sie an diesem Abend in einen sehr tiefen und traumreichen Schlaf.

Als Elora am anderen Morgen erwacht, hat sie bereits zwei weitere Bilder der Felsenzeichnungen allein durch ihren Traum entschlüsselt. Voller Zuversicht sieht sie nun dem Tag entgegen, der das Schicksal der Erde entscheiden wird.

Fehlende Zutaten

Inzwischen war der Herr der Finsternis nicht untätig. Zutat um Zutat wanderte in seinen Zauberkessel. Nun steht er in seiner Höhle und betrachtet zufrieden die schleimige Suppe, die da vor sich hin köchelt. Dann aber verändert sich sein Gesichtsausdruck und er legt die Stirn in tiefe Falten.

So sehr er sich auch bemüht hat, einige Zutaten konnte er bislang nicht bekommen. So fehlt ihm leider noch das ungeheuer wichtige Wollgras, das von den Elfen angebaut wird und für das er sehr dicht an ihre Siedlung heran muss.

Er möchte aber so lange wie möglich unentdeckt bleiben, damit Elora und ihre Freunde keine Gelegenheit finden, Gegenmaßnahmen zu ergreifen. Er ahnt ja nicht, dass er bereits vor einiger Zeit entdeckt wurde.

Auch ein Mäuseschwanz fehlt ihm noch als Zutat für seine Suppe. Wenn Mukato und Surina geahnt hätten, in welch großer Gefahr sie sich befanden, als sie neulich seine Höhle besuchten… Nur gut, dass sie nicht von ihm entdeckt wurden.

Aber die Wichtigste ist sicher auch die am schwierigsten zu bekommende Zutat: Er braucht unbedingt drei Haare von einer Einhorn-Mähne.

Seit Tagen schon rätselt er, wie er es anstellen kann, an diese Haare heran zu kommen. Eine geeignete Idee hat er allerdings noch nicht. Daher beschließt er, sich zuerst einmal um die Beschaffung eines Mäuseschwanzes zu kümmern. Er stellt in der Nähe seines Höhleneingangs mehrere heimtückische Fallen auf.

Nun sind die Mäuse im Tal der Elfen keine gewöhnlichen Mäuse. Es sind intelligente Geschöpfe, die durchaus in der Lage sind, eine Falle zu erkennen. Aber sehr junge Mäusekinder sind leider noch unerfahren und so kommt es, dass ein junges Mäuslein sich von dem Köder verführen lässt. Es piepst laut nach den Eltern, kann aber nicht aus der Falle entkommen.

Der Herr der Finsternis bemerkt das Mäuslein und geht hinaus zur Falle. Er hebt sie hoch, öffnet sie und greift nach dem Mäusekind. Er ergreift es am langen Schwanz, wo das Kleine wild zappelt und jammert. In diesem Moment springt eine große Katze aus dem Dickicht, schnappt das Mäuslein und beißt ihm den Schwanz ab, der nun allein und armselig in der Hand des bösen Wesens baumelt.

Die Katze huscht ins Dickicht zurück und läuft dann schnell zum Elfendorf, immer noch das Mäusekind im Maul. Dort angekommen, kratzt sie wild an Melvines Türe und legt das kleine Mäuslein ab. Melvine öffnet die Türe und erkennt sofort die Situation. Schnell nimmt sie ihren Zauberstab, den sie ausnahmsweise auch sofort findet, und murmelt einen Spruch. Das Mäuslein hört auf zu weinen, denn die Schmerzen haben aufgehört.

Und Melvine wäre eine lausige Zauberin, wenn sie nicht mit Hilfe ihrer Magie in der Lage wäre, dem Mäuslein wieder einen Schwanz zu geben. Währenddessen erzählt die Katze, was vorgefallen ist.

„Da hast du aber wirklich Glück gehabt, du kleiner Wicht, dass Osiris gerade in der Nähe war", sagt Melvine zu dem Mäuschen. „Der Herr der Finsternis hätte dich sicher nicht leben gelassen. So bist du mit einem großen Schreck und einem schmerzenden Hinterteil davon gekommen."

Dann fragt sie den Kater Osiris, weshalb er überhaupt bei der Höhle war. „Du weißt doch, dass Alleingänge sehr gefährlich sind, solange der Herr der Finsternis in der Nähe ist."

„Ja, ich weiß", antwortet er schuldbewusst, „aber ich hatte so ein seltsames Gefühl, dass ich unbedingt und rasch zu der Höhle kommen sollte. Ich konnte einfach nicht anders, und wie du siehst, war es auch wirklich sehr dringend. Eine Minute später, und ich wäre zu spät gewesen.“

Nachdem das kleine Mäuslein seinen Schreck überwunden hat, begleitet Mellock es zurück nach Hause. Mukato und Surina hätten das gerne getan, aber nach diesem Vorfall trauen sie sich nun doch nicht mehr in die Nähe der Höhle.

Telepathische Antennen

In der Höhle freut sich inzwischen der Herr der Finsternis über seine Beute, den Mäuseschwanz. Dass Osiris ihm das kleine Mäuslein entrissen hat, kümmert ihn nicht, denn er braucht nur den Schwanz. Mit einem ausgiebigen Zeremoniell befördert er diesen in den großen Zauberkessel, woraufhin sich der aufsteigende Dampf von gelb in grün färbt.

Er ist seinem Ziel einen guten Schritt näher gekommen. Sobald er der Brühe alle Zutaten zugefügt hat, kann sein grausames Werk vollendet werden. Da es ihm wohl nie gelingen würde die beiden Einhörner dazu zu bringen, seinen Zaubertrank zu trinken, hat er sich etwas besonders Gemeines einfallen lassen:

Der Zaubertrank ist so aufgebaut, dass es bereits reicht, wenn ein Tropfen davon die Lippen eines Wesens berührt. Sofort wird dieses dann in Stein verwandelt, das für immer und ewig wie ein Denkmal an diesem Platz stehen wird.

In seinen Gedanken sieht er sich schon am Ziel, er malt sich gerade aus, wie er sich an Elora und Satu heranschleicht und beide mit einer Spritzpistole mit der fertigen Zauberflüssigkeit bespritzt. Irgendein Tropfen wird dann schon die Lippen berühren. Und falls nicht, er hat genug von der Suppe zubereitet, dass er es mehrmals wieder versuchen kann, bis es gelingt.

Gerade, während er diesen Gedanken nachhängt, hat Ankhara ihre unsichtbaren telepathischen Antennen ausgefahren und kann den heimtückischen Plan aus seinen Gedanken auffangen.

Sofort berichtet sie Melvine davon, die sogleich den gesamten Freundeskreis zusammen ruft. Als Elora von diesem Plan erfährt, weiß sie sofort, wie der Herr der Finsternis zu

besiegen ist. Das Felsenbild von Iri mit dem großen Kessel hoch
in den Lüften ist die Antwort darauf.

Zwar ist ihr bislang noch unklar, wie sie an diesen Kessel heran kommen sollen, aber sie vertraut darauf, dass die übrigen Felsenbilder, die sie noch nicht enträtseln konnte, ihr diese Antwort geben werden.

Ankharas abgefangene Botschaft ist natürlich in doppelter Hinsicht sehr wichtig. So kann Melvine sofort die Lippen der beiden Einhörner mit einem Zauber schützen, so dass der Zaubertrank der bösen Macht nicht mehr wirken wird.

Umständlich sucht sie in ihren Rocktaschen nach ihrem Buch der Weisheit, in dem sie ganz besondere, seltene Zaubersprüche gesammelt hat. Denn mit ihren Alltags-Sprüchen kommt sie in diesem Fall nicht mehr weiter. Sie holt ein klitzekleines Büchlein hervor, welches zu einem mächtigen Wälzer wird, sobald Licht darauf fällt. Es ist einfach praktisch, zaubern zu können.

Sie zieht sich in ihre Hütte zurück, setzt den Teekessel aufs Feuer und nachdem sie sich ihren Lieblingstee zubereitet hat, vertieft sie sich in die Seiten ihres Zauberbuches. Nach einiger Zeit steht sie auf, nimmt einen kleinen Kupferkessel aus der Kommode und stellt ihn gefüllt mit ein wenig Wasser aufs Feuer. Dann ruft sie Ankhara und Mellock zu sich.

„Mellock, als Kräutergnom ist es sicher ein Leichtes für dich, im Wald ein paar besondere Kräuter für mich zu besorgen. Ich benötige einige Stängel Spinnenzupfie, ein paar Blätter von Flaum-Malaboo, außerdem ein paar Samen von Edelhybris und von Zystinia. Meinst du, du kannst mir das besorgen?“

„Ich werde mein Möglichstes tun“, verspricht Mellock und ist auch schon zur Tür hinaus auf dem Weg in den Wald.

Nun wendet sich Melvine an Ankhara: „Meine liebe Freundin, ich habe hier in meinem Buch einen Zauber gefunden, der geeignet scheint, die Lippen der Einhörner zu schützen, allerdings bin ich mir in einem Punkt nicht sicher und hätte hier gerne Deinen Rat. deine Zauberkräfte sind ebenso stark wie meine und sicher kann mir deine Erfahrung hier nützlich sein."

Ankhara freut sich natürlich, dass Melvine sie um Rat fragt und hört sich aufmerksam Melvines Bedenken an. „Dieser Zauber wird zwar verhindern, dass die Einhörner versteinert werden können, aber wirf mal bitte einen Blick auf die Nebenwirkungen. Der Zauber wird ihre Lippen mit einer sicheren Schutzschicht überziehen, diese aber blau färben. Und ich erkenne nicht, ob dieser Zauber rückgängig gemacht werden kann, wenn der Herr der Finsternis von uns unschädlich gemacht wurde."

Ankhara liest sich den Zauberspruch durch und lässt ihre Intuition dabei mitfühlen. Einige Minuten lässt sie es auf sich einwirken und dann kommt sie zu dem Schluss, dass es zu 90% gelingen wird, den Zauber rückgängig zu machen. „Ein zehnprozentiges Restrisiko kann meiner Meinung nach in Kauf genommen werden, wenn wir hiermit Elora und Satu schützen können."

„Ja, ich bin zu dem gleichen Ergebnis gekommen", antwortet Melvine und beginnt, einige kleine Flakons von einem Regal zu nehmen, in dem sie getrocknete oder in Öl eingelegte Kräuter gesammelt hat. Nach und nach gibt sie diese Kräuter in den kleinen Kessel und sagt dazu unentwegt den Zauberspruch aus ihrem Buch. Es dauert nicht lange, und es beginnt angenehm würzig in ihrer Küche zu duften.

Lii

Die übrigen Freunde halten sich derweil draußen vor den Kristallhäuschen auf. Satu und Elora spielen Fangen und galoppieren wie die Verrückten zwischen den Häusern herum.

FEEnzauberin hat es sich in einer großen Blüte gemütlich gemacht und genießt mit geschlossenen Augen die warmen Sonnenstrahlen. Fly liegt in einem Liegestuhl und versucht zu lesen, während Storm ständig auf ihr herum klettert und sie mit ihrem langen Schwanz kitzelt.

Sylpharo hat Mellock zu seiner Kräutersuche begleitet und Lucky ist mit ihrer Schwester unterwegs. Ankharas Katzen Isis und Osiris haben sich auf Melvines Schaukelsessel zusammen gerollt und schlummern vor sich hin, allerdings mit einem Ohr voller Wachsamkeit. Sollte sich jemand nähern, wären sie sofort hellwach.

Iri hat sich vor ihrer schönen neuen Hütte ins warme Gras gelegt und die ganze Schar Mäusekinder krabbelt auf ihr herum und kitzelt ihr den schuppigen Bauch. Es liegt eine unbeschreibliche Idylle über der Szene.

Plötzlich fangen die Ohren beider Katzen an zu zucken. Sie haben ein unbekanntes Geräusch wahrgenommen. Mit einem schnellen Ruck richten sich beide gleichzeitig auf und schauen in den Himmel.

Was sie dort sehen, verschlägt ihnen einen kurzen Moment die Sprache. Rasch laufen sie zu Iri und den anderen hinüber, um sie zu warnen, aber die haben das Geschöpf inzwischen auch bemerkt, da sein großer Körper einen Schatten auf die Gruppe geworfen hat.

Noch wissen die Freunde nicht, ob da Freund oder Feind über ihnen fliegt und vorsichtshalber bringen sich alle erst einmal in den Kristallhäusern in Sicherheit.

Das Wesen am Himmel hat die Gruppe auch gesehen und ist ganz besonders erfreut, einen Artgenossen darunter zu entdecken. Lii, der Glücksdrache, ist vor einiger Zeit aufgebrochen, um nach einer Partnerin zu suchen und nun scheint er sie gefunden zu haben.

Lii hat wohl bemerkt, dass sich die Wesen dort unten vor ihm fürchten. Daher dreht er ein paar Runden im Sinkflug, bevor er ganz sanft vor Iris Kristallhaus landet. Sein Drachenfeuer hat er gut unter Kontrolle, kein Funke entweicht seinem Maul.

Er ist eine imposante, aber wunderschöne Erscheinung. Über seinen pinkfarbenen Rücken zieht sich wie ein Kamm eine lange Reihe nadelspitzer Knochen, die mit einer dünnen Haut miteinander verbunden sind. Die beiden mächtigen Flügel leuchten in allen möglichen Farben und glitzern in der Sonne, als hätte FEEnzauberin ihren Feenstaub darauf verteilt.

Wenn er fliegt, löst sich dieser Staub von den Flügeln und fällt auf die Erde herab wie winzige Diamanten. Jeder, der diesen Diamantstaub abbekommt, kann sich freuen, denn der Staub bringt Glück.

Lii geht ganz langsam auf Iris Kristallhaus zu und ruft ihr zu: „Hallo, du hübsches Drachenmädchen, du und deine Freunde, ihr müsst keine Angst vor mir haben. Ich bin Lii und ich bin ein Glücksdrache. Ich würde dich und deine Freunde gerne kennen lernen."

Iri schaut fragend zu Melvines Haus hinüber, was sie wohl von dieser Kreatur hält. Ist sie gefährlich oder kann man ihr vertrauen? Ankhara hatte blitzschnell ihre telepathischen Fähigkeiten eingeschaltet und den fremden Drachen gescannt. Nichts Gefährliches geht von ihm aus und so treten sie und Melvine nun aus ihrem Haus und gehen auf den Drachen zu.

Als Iri das sieht, kann sie sich nicht mehr halten, zu neugierig ist sie auf ihren Artgenossen mit den schönen bunten Farben. Viel zu schnell kommt sie aus dem Kristallhaus und stolpert prompt über ihre eigenen Beine. Mit einem lauten „Rumms" landet sie auf dem Bauch, genau vor Liis Füßen.

Verlegen versucht sie aufzustehen, aber schon hat Lii seinen unendlich langen Schwanz unter ihre Vorderbeine geschoben und hilft ihr dabei. Er hat so freundliche Augen und spricht so zärtlich, dass die Verlegenheit schnell wieder aus Iri verschwindet.

Ein ganz anderes Gefühl macht sich nun in ihr breit, ein Gefühl, das sie bisher noch nicht kannte.

Auch alle anderen sind inzwischen aus ihren Häusern wieder heraus gekommen und keinem von ihnen bleibt es verborgen, dass Iri sich verändert hat.

Keinem von ihnen war das bisher so aufgefallen, aber nun ist es deutlich zu sehen: Iri ist erwachsen geworden und zum ersten Mal verliebt.

Melvine holt, wie könnte es anders sein, schnell ihren Zauberstab hervor und wenige Minuten später steht ihre von allen geliebte Festtafel auf dem Platz vor den Kristallhäusern, gefüllt mit den leckersten Köstlichkeiten.

Lii freut sich über die besonderen Leckereien, die Melvine auf dem Tisch bereithält. „Woher wusstest du, dass ich gerade das gerne mag?" fragt er Melvine. „Nun, das war nicht schwierig", antwortet diese, „denn es sind die gleichen Dinge, die Iri gerne mag."

Alle wollen nun genau wissen, wer Lii ist, woher er kommt und was ihn hierher gebracht hat. Während sie sich an Melvines Tisch über Karotten, Salat, Frikadellen, verschiedene Müslis, Kekse, Quarkspeisen, Pudding und jede Menge andere Dinge hermachen, lauschen sie gespannt, was Lii zu erzählen hat.

„Ich wohne hier im Tal der Elfen in einem der abgelegenen Quertäler am Fuße eines mächtigen Berges. Dort gibt es eine große Höhle, in der ich zuhause bin. So hübsch wie dein Kristallhaus ist es allerdings nicht", sagt er lachend zu Iri gewandt.

„Ich habe noch große Schwestern, die aber schon eigene Familien haben, daher wohne ich dort alleine mit meinen Eltern. Als Glücksdrachen sind wir dafür zuständig, regelmäßig über das ganze Elfental zu fliegen und allen Wesen, denen Unglück widerfahren ist, Trost zu spenden und sie wieder glücklich zu machen. Dafür schenken wir ihnen eine unserer Schuppen, die, wie Ihr ja sicher schon bemerkt habt, mit Glücksstaub besetzt sind. Wer solch eine Schuppe zwischen den Fingern reibt, der erhält Glück."

Die Freunde sind begeistert und Iri kann gar nicht den Blick von Lii lassen. Noch versteht sie nicht ganz, was das für ein merkwürdiges gutes Gefühl ist, das sich in ihr breit gemacht hat. Aber es tut gut und so genießt sie es einfach nur. Lii hat natürlich noch nichts davon erzählt, dass er diesmal aus einem anderen Grund über das Tal geflogen ist, auf der Suche nach einer Braut. Das möchte er sich für einen besonderen Moment mit Iri aufheben.

Lii erzählt noch eine Menge andere interessante Dinge und als Melvine mal wieder auf die Uhr schaut, ist sie völlig perplex, wie spät es schon ist. Sie hatte völlig vergessen, dass in ihrer Küche noch immer der Sud über dem Feuer kocht. Eilig geht sie nun ins Haus, um zu retten, was noch zu retten ist. Aber das Wasser ist inzwischen völlig eingekocht und es ist nur noch eine dicke, leicht angebrannte Masse im Topf.

Da hilft nichts, sie muss noch einmal von vorne anfangen. Sie säubert den Kessel, füllt ihn erneut mit Wasser und gibt die Zutaten, begleitet von dem Zauberspruch, ins Wasser. Erneut beginnt es in Melvines Küche zu duften und neugierig steckt Lii den Kopf zur Türe herein.

„Oh, hmmm, riecht das gut, was wird das?" Melvine erklärt es ihm und er meint, es könnte nicht schaden, wenn eine seiner Schuppen mit in den Zaubertrank hinein kommt. Rasch zupft er sich vom Schwanz eine Schuppe ab, die sofort wieder nachwächst. Er reicht das wertvolle Utensil Melvine, die sich sehr darüber freut und es im Topf verschwinden lässt.

Nach einiger Zeit kommen auch Mellock und Sylpharo zurück und sie haben tatsächlich alles bei sich, um das Melvine gebeten hatte. Auch diese Zutaten wandern nun in Begleitung des Zauberspruches in den Kessel.

Nach gut einer Stunde gießt Melvine die Flüssigkeit durch ein Sieb und füllt zwei Schüsselchen damit. Mellock holt derweil Elora und Satu und beide trinken den für einen Zaubertrank ungewöhnlich gut schmeckenden Sud komplett aus. Beide bemerken, dass ihre Lippen sich nun merkwürdig wachsartig anfühlen.

Natürlich hat Melvine ihnen vorher von den Nebenwirkungen erzählt und tatsächlich färben sich auch sofort ihre Lippen blau, was sehr merkwürdig aussieht aber nicht zu ändern ist. Schließlich wird das die beiden Einhörner vor der Versteinerung schützen, da kann man gerne solche eine Nebenwirkung akzeptieren.

Ein Fest steht bevor

Am nächsten Morgen ist irgendetwas anders im Elfendorf. Eine merkwürdige Unruhe hat die Bewohner erfasst und ein geschäftiges Treiben hat begonnen. Lucky erzählt ihren Freunden, dass nun wieder das wertvolle Wollgras geerntet wird und in wenigen Tagen erneut das jährliche Erntefest bevorsteht.

Die Freunde hatten ja bereits ein solches Fest miterlebt, aber im vergangenen Jahr war bei Weitem nicht so ein Aufwand bei den Vorbereitungen betrieben worden. Dieses Jahr wird es allerdings auch kein gewöhnliches Erntefest sein, denn das Dorf erwartet hohen Besuch.

Der Elfenkönig ist eine sehr beliebte Persönlichkeit im Tal und er hat es schon vor vielen Jahren eingeführt, jedes Jahr zum Erntefest ein anderes Dorf mit seinem Besuch zu erfreuen. Und in diesem Jahr wird er das Dorf besuchen, in dem Lucky mit ihrer Familie lebt. So werden nun Elora und ihre Freunde Teil eines ganz besonderen Ereignisses.

Jede Familie schmückt ihren großen Holzwagen, mit dem die Ernte eingefahren wird, mit bunten Blüten und Bändern und natürlich mit den schönsten Spitzenbordüren, die sie aus der Ernte des Vorjahres angefertigt hat. Wollgras ist nämlich das Material, aus dem diese Bordüren bestehen, sehr viel edler und wertvoller als Seide.

Der Anbau dieses Grases ist mit sehr viel Arbeit verbunden und es braucht auch sehr viel Fingerspitzengefühl und Fachwissen, um eine gute Ernte zu bekommen. Die meisten Elfenmänner im Tal sind Wollgrasbauern und das Wissen und Können wird sehr sorgfältig an die Söhne weiter gegeben.

Aber auch die weitere Verarbeitung, das Zupfen der Wollfäden von den Halmen, das Spinnen der Fäden zu Garnen und das Knüpfen der Spitze benötigt sehr viel Können. Diese

Arbeit übernehmen die Elfenfrauen, die allesamt sehr stolz sind, dieses edle Handwerk zu beherrschen. Jedes Dorf hat ganz eigene Knüpf-Techniken und wer sich auskennt kann genau erkennen, aus welchem Dorf eine Spitze kommt.

Lucky hatte im vergangenen Jahr, seit die Freunde hier im Tal sind, ihrer Familie fleißig beim Knüpfen geholfen. Fly und FEEnzauberin, die ja beide nicht aus dem Tal der Elfen stammen, wurden von Lucky und ihren Schwestern in die Kunst des Knüpfens eingewiesen. Sie hatten einiges Geschick dabei entwickelt und nun können sie stolz auf ein paar einfache aber dennoch hübsche Bordüren blicken. Sie sind sehr glücklich, dass auch ihre Bordüren den Wagen von Luckys Familie schmücken werden.

Inzwischen fahren die ersten Wagen hoch gefüllt mit Wollgras von den Feldern ins Dorf ein. Der Herr der Finsternis beobachtet das missmutig, da er ja für sein Süppchen noch Wollgras benötigt. Nun muss er sich beeilen, wenn er diese Zutat noch bekommen will.

Es ist aber wirklich nicht einfach, an dieses Gras heran zu kommen, da die Elfen ihre Felder sehr sorgsam bewachen. Also muss er nun wohl doch zu einem Zaubertrick greifen, was er eigentlich verhindern wollte, weil dadurch die Wirkung des Grases für seinen Zaubertrank beeinträchtigt wird.

Am einfachsten wird es wohl gelingen, wenn er sich in ein unverdächtiges Tier verwandelt. Er macht das nicht gerne, denn jede Verwandlung birgt Gefahren, die er in dieser Gestalt nicht kontrollieren kann.

Während er eine andere Gestalt annimmt, hat er keinerlei Zauberkräfte und kann sich auch nicht in seine normale Gestalt zurück verwandeln, bevor der vorher festgelegte Zeitpunkt erreicht ist. Andererseits ist es sehr schwer einschätzbar, wie lange seine Verwandlung vonnöten sein wird. Wird er zu früh zurück verwandelt, läuft er Gefahr, entdeckt zu werden. Wählt er die Zeit zu lang, hat er keine Kontrolle über die Gefahren und könnte sein Leben dadurch verlieren.

Dennoch beschließt er nun, sich in einen Vogel zu verwandeln und so zu tun, als wenn er Nistmaterial für sein Nest sammelt. Das scheint ihm am unverdächtigsten.

Und tatsächlich gelingt es ihm mit dieser List, genügend Wollgras für seinen Zaubertrank zu bekommen, ohne dabei entdeckt zu werden. Nun braucht er nur noch drei Haare von Eloras oder Satus Mähne und er ist endlich am Ziel.

Natürlich hat er das Treiben im Dorf mitbekommen und weiß vom letzten Jahr, dass das Erntefest vorbereitet wird. Das wird die Gelegenheit, auf die er wartet. Während alle Bewohner beim Festumzug sind, kann er sicher unbemerkt zu Eloras und Satus Lager vordringen. Und ganz sicher liegen da einige Haare der beiden herum, die er dann nur einzusammeln braucht. Ungeduldig wartet er nun auf diesen Tag.

Der Elfenkönig

Im Dorf sind die Vorbereitungen für das Fest inzwischen abgeschlossen. Die Ernte ist in diesem Jahr besonders gut ausgefallen und die Wolllager sind prall gefüllt.

Die Festwagen sind prachtvoll geschmückt und das Kristall-Häuschen, in dem der Elfenkönig mit seinem Gefolge Unterkunft finden soll, ist blitzblank geputzt und gemütlich eingerichtet. Es wurde extra für ihn gebaut und die Elfen wollten auch nicht, dass Melvine mit ihrem Zauberstock nachhilft. Es sollte reine Handarbeit sein, denn die Elfen sind ja stolz auf ihre Baukunst und möchten diese natürlich ihrem König zeigen.

So sind diejenigen Elfen, die nicht bei der Ernte des Wollgrases halfen, schon seit Tagen damit beschäftigt gewesen, dieses besondere Kristallhaus zu bauen. Einige Extras wurden mit eingebaut, die dem König den Aufenthalt unvergesslich machen sollen.

Die Kinder des Dorfes haben in den letzten Tagen hunderte von kleinen Blätterfähnchen gebastelt und als nun endlich der hohe Gast eintrifft, stehen alle am Wegesrand und winken damit. Es sieht sehr hübsch aus, wie die Elfenkinder die Straße säumen, in ihren festlichen Kleidern, mit schillernden gläsernen Flügelchen, die bei jeder Bewegung in hübschen Pastellfarben glitzern.

Die prachtvolle gläserne Kutsche des Königs fährt ganz langsam durch diese glückliche Kinderschar, gezogen von sechs stattlichen, grün schillernden Heupferdchen. Der König winkt den Kindern zurück und lächelt liebevoll.

Nun ist er an dem Kristallhäuschen angekommen, das für ihn bereit steht. Er ist sehr beeindruckt, mit wie viel Liebe zum Detail das Häuschen gebaut und eingerichtet wurde und er lobt die Baumeister.

Natürlich besucht der König jede einzelne Familie im Dorf, ihm ist der persönliche Kontakt zu seinem Volk sehr wichtig. Dieses Jahr freut er sich auf eine Familie ganz besonders, denn er hat davon gehört, dass zwei Einhörner bei dieser Familie leben. Und er hat noch nie ein lebendes Einhorn getroffen, da es nur noch ausgesprochen wenige von ihnen gibt. Nach seinem Wissen sind dies die letzten beiden, die es überhaupt noch gibt, denn Einhörner gelten schon lange als ausgestorben.

Er kann es daher kaum erwarten, diese Familie zu besuchen und so kommen Lucky, ihre Familie und die Freunde bereits am kommenden Tag zu der Ehre, ihren König privat zu treffen.

Die große Terrasse vor Melvines Kristallhaus ist dafür der beste Ort, da hier alle Wesen Platz finden, selbst die beiden großen Drachen Iri und Lii. Melvine und Ankhara schwingen bereits am frühen Morgen gemeinsam ihre Zauberstäbe und lassen eine große Festtafel erscheinen, an der der König mit seinem ganzen Gefolge, Luckys komplette Familie, Elora und alle ihre Begleiter Platz finden. Iri und Lii bekommen wegen ihrer Größe ganz am Ende der Tafel einen eigenen Tisch.

Innerhalb von Sekunden erscheinen auf dem Tisch wertvolle goldgeränderte Gedecke und goldenes Besteck. In den großen Kannen duften frischer Tee und Kaffee, große Schalen füllen sich geisterhaft mit leckerem Obst, Brot und anderen Köstlichkeiten. Nun kann der König kommen.

Elora hat sich zur Feier des Tages von Fly die Mähne und den Schweif zu hübschen regenbogenfarbenen Zöpfen flechten lassen. Zwischendrin schimmern sehr edel die goldenen Fäden von ihrem Geburtstag. Das sieht wirklich umwerfend aus. Nur die seltsam blauen Lippen passen so gar nicht dazu.

Satu ist da etwas besser dran, zu ihren leuchtend orangeroten Mähnen- und Schweifhaaren sehen die blauen Lippen sogar irgendwie fesch aus.

Elora gäbe viel dafür, ihre hübschen rosafarbenen Lippen wieder zu haben und ist ziemlich unglücklich, so dem König gegenüber treten zu müssen. Da hat FEEnzauberin eine Idee. Sie kramt in ihrem Elfen-Schmink-Köfferchen und holt freudestrahlend einen winzigen Lippenstift heraus. Als sie die großen Lippen des Einhorns sieht, erlischt ihr Lächeln, denn sie erkennt natürlich, dass dieser kleine Lippenstift nicht im Geringsten reichen wird, um Eloras Lippen zu färben.

Schnell geht sie zu Melvine hin und bittet sie, ihren Zauberstab noch einmal heraus zu holen. Und eins, zwei, drei, hat der Lippenstift die Größe einer Karotte. Nun wird er sicher ausreichen, um Elora hübsche rosafarbene Lippen zu malen.

Elora schaut in den Spiegel und ist mit dem Ergebnis hoch zufrieden. So kann sie dem König gegenüber treten. Und es dauert auch nicht lange und der König fährt in seiner Kutsche vor.

Luckys Vater tritt an die Kutsche heran, hilft dem König beim Aussteigen und führt ihn zu der Festtafel, wo alle anderen auf ihn warten. Beim Anblick der beiden Drachen erschrickt der Elfenkönig sehr. Er war zwar darauf vorbereitet worden, dass Drachen zu den Gästen im Tal der Elfen gehören. Aber diese beiden waren doch um einiges größer, als er sie sich vorgestellt hatte. Noch nie ist der König solch großen Wesen begegnet.

Iri hat den Schreck des Königs natürlich bemerkt und sie versucht, sich ganz klein zu machen und so harmlos wie möglich auszusehen. Da sie aber selbst ziemlich aufgeregt ist, einem echten König zu begegnen, hat sie ihr Drachenfeuer nicht ganz unter Kontrolle. Und als sie nun den König freundlich begrüßen möchte, schießt eine kleine Flamme aus ihren Nasenlöchern.

Sofort ist die Leibwache des Königs bei ihr und fuchtelt gefährlich mit den Schwertern vor ihrer Nase herum. Iri ist sehr erschrocken über ihr peinliches Verhalten, für das sie aber doch eigentlich gar nichts kann. Sie hat es ja nicht böse gemeint, es ist ihr einfach so heraus gerutscht.

Zum Glück kann Luckys Vater den König beruhigen und so bleibt dieser Vorfall ohne Folgen. Das hätte aber böse ausgehen können und Iri begreift, dass sie ihr Feuer besser beherrschen muss. Sie wird das trainieren, das verspricht sie allen Anwesenden.

Nachdem der König dann alle übrigen kennen gelernt und ein paar Worte mit Elora und Satu gewechselt hat, setzen sich alle an den großen Tisch und frühstücken ausgiebig.

Die Sanftmut der beiden Einhörner hat ihn den voran gegangenen Schrecken vergessen lassen und er ist bestens gelaunt. Abwechselnd erzählen die Freunde von ihren bereits bestandenen Abenteuern und davon, dass es weitere Einhörner gibt, die verborgen an unterschiedlichen Orten leben, worüber der König hocherfreut ist.

Sie erzählen von Conway und Zenta und von deren beiden Fohlen, von den Zeichnungen an den Felswänden im Kolibri-Tal und natürlich auch vom Herrn der Finsternis, der alle Einhörner vernichten möchte, um alles Gute in der Welt auszulöschen. Und dass Elora auserwählt ist, ihn mit der Hilfe ihrer Freunde für immer unschädlich zu machen.

Als der Elfenkönig davon erfährt, dass diese böse Macht jetzt gerade in seinem Tal ist, wird er sehr besorgt. Er stellt sich die gleiche Frage wie damals die Freunde: wie ist es diesem Wesen gelungen, den Eingang in das Tal zu passieren. Offenbar gibt es eine Sicherheitslücke…

Als der König die Gesellschaft verlässt, ist es bereits weit nach Mittag. Gerne würde er noch länger bleiben, denn die Anwesenheit der Einhörner tut ihm sehr gut. Sie strahlen solch einen Frieden und so große Liebe aus, dass einem ganz warm im Herzen wird. Stundenlang könnte er ihnen und ihren Freunden zuhören, wenn sie von ihren Abenteuern erzählen, aber er möchte noch so viele weitere Familien besuchen und seine Zeit ist knapp bemessen. Daher verabschiedet er sich nun von allen, steigt in seine Kutsche und mit Windes Schnelle verschwindet er dann um die nächste Häuserecke.

Iri ist noch immer ganz geknickt, weil sie den König so erschreckt hat. Lii tröstet sie und legt seinen großen bunten Flügel schützend um sie. Ja, das tut gut, Iri genießt es sehr, die Nähe von Lii zu spüren. Ihr Herz schlägt ganz heftig und ihr wird warm, was so gar nicht zu einem Drachen passt. Fast schwindelig wird ihr von dem Glücksgefühl, das sie verspürt.

Lii geht es ganz ähnlich und er denkt, dass dies nun der richtige Moment sei, Iri zu erzählen, warum er wirklich hier ist. Mit seiner dunklen aber warmen Stimme sagt er zu ihr: „Iri, meine Liebste, es ist kein Zufall dass ich hier bin. Ich bin von daheim losgeflogen, um mir eine Braut zu suchen und ich habe mich dabei von einem unerklärlichen inneren Gefühl leiten lassen.

Dieses Gefühl wurde immer stärker, je näher ich diesem Elfendorf und dir kam. Als ich dich dann da unten mit all deinen Freunden sah, wusste ich sofort, dass du es warst, die mich hierher gezogen hat. Ich bin sehr glücklich, dich gefunden zu haben. Möchtest du mich in meine Heimat begleiten, wenn eure Mission hier erfüllt ist?" Lii ist ziemlich aufgeregt nach diesem Geständnis. Hoffentlich bekommt er auch die Antwort, die er erhofft. Nicht auszudenken, wenn Iri, dieses zauberhafte Geschöpf, ihn ablehnen würde. Es kommt ihm wie eine Unendlichkeit vor, bis Iri ihm zu haucht: „Ja, Lii, das möchte ich. In deiner Nähe fühle ich mich so wohl, wie ich mich noch nie gefühlt habe. Ich könnte mir nichts Schöneres vorstellen."

Elora und Satu beobachten die beiden aus einiger Entfernung und es gibt keinen Zweifel, dass hier ein Paar entstanden ist. Sie freuen sich sehr darüber, denn beide lieben Iri sehr.

Eloras Haare

Vier Tage später findet der große Festumzug statt. Die lange Dorfstraße ist festlich geschmückt. Überall wurden Glockenblumen in großen Büscheln aufgestellt und an jedem dieser Büschel wartet ein Elfenkind auf das Eintreffen der königlichen Kutsche, die den Festzug anführen wird. Sobald die Kutsche in Sicht kommt, fangen die Kinder an, die Büschel zu schütteln, was dazu führt, dass die Glockenblumen ihr zartes Geläut erklingen lassen.

Hunderte von feinen Glöckchen klingen in unterschiedlichen Tönen, nie vorher haben Elora und ihre Freunde etwas Schöneres gehört.

Fly ist so angetan von diesem Klang, dass sie gerne auf ihrer Harfe dazu spielen würde. Aber das Instrument hat sie leider nicht mitgenommen auf diese Reise. Daher bittet sie Melvine, ihr eine Harfe herbei zu zaubern. Melvine hat Fly noch nie Harfe spielen gehört und ist daher sehr neugierig darauf, zumal sie Harfenklänge sehr liebt. Daher ist es ihr eine besondere Freude, Fly diese Bitte zu erfüllen.

Fly setzt sich zu einem der Kinder an eine Glockenblume und beginnt mit ihrem Spiel. Ihre zarten Feenfinger bringen Töne zum Erklingen, die völlig anders klingen, als Melvine je von einer Harfe gehört hat. Alle sind wie verzaubert.

Nun ziehen Wagen um Wagen an ihnen vorüber, einer schöner als der andere. Melvine kann es gar nicht fassen, wie viele unterschiedliche Spitzenmuster möglich sind. Jede Bordüre ist anders und sich doch irgendwie ähnlich, selbst sie als Auswärtige kann genau den unverwechselbaren Stil dieses Dorfes erkennen. Die Spitzen der ebenfalls teilnehmenden Wagen aus ein paar benachbarten Dörfern fallen sofort auf, da sie eine völlig andere Art haben.

Alle Bewohner des Dorfes haben sich hier entlang der Straße versammelt und bewundern die schönen Festwagen. Genau so hatte es sich der Herr der Finsternis vorgestellt, er hat es nun leicht, das Lager von Elora und Satu zu besuchen.

Schon schleicht er herbei und verschwindet rasch und unbemerkt in Melvines Kristallhaus. Und schon hat er Eloras Lager entdeckt. Da liegen gleich mehrere regenbogenfarbene Haare herum und auf dem anderen Lagerplatz, welcher demnach der von Satu sein muss, liegen einige rostfarbene.

Da er nicht unterscheiden kann, welche Haare von der Mähne und welche vom Schweif der Einhörner sind, steckt er sie kurzerhand alle in die Tasche seines langen Mantels. Und schon huscht er wieder aus dem Kristallhaus hinaus in Richtung Wald.

Er läuft schnell und blickt sich um, ob ihn jemand gesehen hat. In diesem Moment stolpert er über irgendetwas, das da auf dem Weg liegt. Der Länge nach poltert er zu Boden und schlägt sich die Nase blutig.

Er flucht fürchterlich und rollt dabei mit seinen bösen Augen. Nachdem er sich wieder aufgerappelt und sich davon überzeugt hat, dass seine Nase noch dran ist, sucht er, worüber er gestolpert ist. Aber so sehr er sich auch bemüht, er kann nichts finden.

Unter dem großen Blatt eines Farnes hockt unterdessen Malonka eingerollt in ihrem Schneckenhaus und hofft, dass der böse Tyrann sie nicht entdecken wird. Gerade noch konnte sie in der knappen Zeit, in der der Herr der Finsternis seine Nase kontrollierte, dieses Versteck erreichen.

Das schauderhafte Wesen sieht zwar das Schneckenhaus unter dem Farn liegen, aber es kommt ihm nicht in den Sinn, dass dies der Grund für seinen Sturz gewesen sein könnte. Angewidert von der Schönheit des Gehäuses, das perlmuttfarben in einem Sonnenstrahl glitzert, wendet er sich ab und setzt seinen

Weg fort. Er bemerkt auch nicht, dass bei dem Sturz eines von Eloras Haaren aus seiner Manteltasche gefallen ist. Aber Malonka sieht es sofort und weiß auch, was das bedeutet.

So schnell sie es als Schnecke vermag, rutscht sie nun ins Dorf, um den Freunden davon zu berichten. Als sie das Dorf erreicht, ist gerade der Festumzug zu Ende und Elora und ihre Freunde sind wieder auf der Terrasse ihres Kristallhauses eingetroffen. Alle freuen sich, Malonka zu sehen, die jedoch einen sehr besorgten Eindruck macht.

Als sie ihnen von dem Vorfall im Wald berichtet, weiß Elora gleich, dass ab sofort höchste Vorsicht geboten ist, dass der Herr der Finsternis nun seinen Zaubertrank fertig hat.

Zwar weiß sie sich und Satu durch Melvines Zauber einigermaßen geschützt, aber wenn es dem Fiesling gelingen würde, sie so anzuspritzen, dass etwas von der Flüssigkeit in ihren Mund gelangen würde, dann gäbe es keine Rettung mehr. Und auch jedes andere Wesen, das mit der Flüssigkeit in Kontakt kommen würde, wäre ja in Gefahr.

Und immer noch hat sie keine Idee, wie sie an den Kessel mit dem Zaubertrank heran kommen soll, um das ganze Spiel umzudrehen und mit der Zauberflüssigkeit den Herrn der Finsternis für immer in Stein zu verwandeln.

In dieser Nacht gibt es zwei Wesen, die nicht gut schlafen. Das eine ist der Herr der Finsternis, dem seine ziemlich dicke Nase fürchterlich weh tut. Das zweite ist Elora, die sich hin und her wälzt, um eine Lösung für ihr Problem zu finden.

Das zweite Zeichen

Als Elora endlich einschläft, schauen bereits die ersten Sonnenstrahlen zum Fenster herein. Sie schläft nun tief und träumt. Sie ist wieder an den Felswänden im Kolibri-Tal. Eine weitere Zeichnung ist nun auf den Wänden zu sehen: Iri gemeinsam mit dem Herrn der Finsternis in dessen Höhle. Das böse Wesen scheint sehr vertraut mit ihrer Drachenfreundin, die mit einem großen Löffel in dem Kessel mit dem Zaubertrank rührt. Mit ihrem Drachenfeuer heizt sie das Feuer unter dem Kessel an.

Als Elora erwacht, ist sie sehr irritiert. Haben sie und ihre Freunde sich in Iri getäuscht? Hat sie die Seiten gewechselt und spielt ihnen hier nur noch Freundschaft vor? Bei diesem Gedanken läuft es Elora kalt den Rücken herunter.

Beunruhigt geht sie zu Satus Lager und weckt die Freundin, um sich mit ihr zu beraten. Während sie Satu von ihrem Traum erzählt, wird ihr ganz plötzlich klar, dass dieser Traum sie einen Schritt näher an die Lösung ihrer Aufgabe heran gebracht hat.

Wie konnte sie nur einen Augenblick glauben, ihre Freundin Iri spiele ein falsches Spiel? Im Gegenteil. Sie ist die Einzige, die es schaffen kann, dem bösen Wesen seinen Zaubertrank zu entreißen.

Aufgeregt wecken Satu und Elora nun Melvine und berichten ihr, was Elora geträumt hat und wie ihr Plan ist, den Herrn der Finsternis zu besiegen. Dafür brauchen sie aber wieder einmal ein paar von Melvines Zauberkünsten und vor allem den Schlüssel aus dem Raumschiff.

Melvine schaut ziemlich besorgt, denn der Plan ist nicht gerade ungefährlich für Iri. Aber natürlich erkennt sie, dass die

Felsenzeichnung aus Eloras Traum ein weiterer Hinweis war und sie die böse Macht nur auf diese Weise besiegen können.

Also wird nun Iri eingeweiht, welch wichtige Rolle sie bei der Rettung des Guten spielen wird.

„Der Herr der Finsternis kennt dich noch nicht, Iri, und hat somit keine Ahnung, dass du zu uns gehörst. Drachen sind ja üblicherweise gefährlich und böse und ganz sicher wird er keinen Verdacht schöpfen, wenn du bei seiner Höhle auftauchst und ihm ein wenig Drachenfeuer hinein bläst. Vermutlich wird er dir einen Zauber entgegen schicken, um sich zu schützen, weil er denkt, du willst seine Höhle erobern.

Dafür benötigen wir einen Zauber von dir Melvine, der Iri vor den Angriffen der bösen Macht schützt. Ich denke, dass dies der richtige Anlass ist, um den Schlüssel zu verwenden, den wir damals in dem Raumschiff gefunden haben. Das Serum aus diesem Fläschchen sollte meiner Meinung nach unbedingt für diesen Zauber eingesetzt werden.“

Alle anderen stimmen Elora zu, dass sie das Serum für diesen Zweck verwenden sollen. Aber eine weitere wichtige Frage ist noch ungeklärt: welchen Vorwand könnte Iri benutzen, um den Herrn der Finsternis dazu zu bringen, sie in seine Höhle einzuladen und ihm behilflich zu sein. Was könnte ihn dazu veranlassen, Iris Hilfe in Anspruch zu nehmen?

Ankhara hält dies für eine gute Gelegenheit, ihre Rätselkäfer wieder einmal zu befragen. Schon lange nicht mehr hat sie ihre Hilfe in Anspruch genommen. Sie verlässt das Kristallhaus und zieht sich in den nahen Wald zurück. Unter einer großen Eiche breitet sie eine Decke aus, setzt sich darauf und öffnet den Beutel mit den Rätselkäfern.

Sie schüttet den Beutelinhalt auf die Decke. Außer 12 großen Käfern ist noch eine kleine bestickte Decke in dem Beutel gewesen. Diese breitet sie nun aus und beobachtet aufmerksam, was die Rätselkäfer tun. Drei der Käfer laufen auf das bestickte Deckchen und dort zu einem Symbol, das aus einem Kreis mit einem vierblättrigen Kleeblatt, einem fünfzackigen Stern und einem sechsarmigen Kerzenleuchter besteht.

Ein weiterer Käfer läuft in Zickzack-Linien über das Deckchen, macht ganz plötzlich kehrt und krabbelt dann zu einem Symbol aus einer Blüte mit Sonnenstrahlen. Auch die übrigen Käfer krabbeln hier hin und dorthin und Ankhara beobachtet alles sehr genau. Sie macht sich von allen Aktionen der Käfer Notizen, vergleicht die Symbole in ihrem Zauberbuch und dann steht sie hochzufrieden auf, sammelt die Käfer ein, faltet die Decke zusammen und geht zurück zu den Freunden.

Die hatten noch gar nicht bemerkt, dass sie weg war. Sie erzählt ihnen nun, was sie von den Rätselkäfern erfahren hat und allen scheint dies ein guter Vorschlag zu sein:

Iri muss unbedingt mit ihrem Drachenfeuer den Kessel mit dem Zaubertrank treffen. Das wird den Herrn der Finsternis sehr wütend machen und er wird Iri einen bösen Zauber entgegen schicken. Durch das Serum wird dieser Zauber Iri aber nichts anhaben und Iri wird zu lachen anfangen. Der Herr der Finsternis wird darüber natürlich sehr verblüfft sein.

Nun muss Iri zu ihm sprechen und ihm sagen, dass der Sud in seinem Kessel sicher noch nicht die gewünschte Kraft hat, um Einhörner zu vernichten. Nur eine gehörige Portion Drachenfeuer sei heiß genug, um die volle Wirkung der Zutaten zu entfalten.

Der Herr der Finsternis wird natürlich sehr überrascht und verärgert sein, dass Iri über sein Vorhaben Bescheid weiß und sie fragen, woher sie das weiß. Iri wird ihm dann erzählen, dass sie hellsehen kann und es eine Kleinigkeit für sie war, das heraus zu finden.

Dann muss sie ganz nebenbei mit einem verächtlichen Achselzucken erwähnen, dass sie auch weiß, welche wichtige Zutat er vergessen bzw. übersehen hat, dass diese Zutat nur sehr weit entfernt gefunden werden kann und dass sie ihm diese beschaffen wird, wenn er ihr im Gegenzug ein paar Tage Unterkunft gewährt, um ihren verletzten Flügel auszukurieren.

Wenn alles nach Plan läuft, wird er auf diesen Deal eingehen.

Melvine, Mellock und Sylpharo finden den Vorschlag vorzüglich aber Satu, Elora, Lii und die Elfen halten ihn für zu gefährlich. „Man kann doch nie genau wissen, ob der Zauber aus dem Flakon auch wirklich zuverlässig arbeitet und vor allem, wie lange die Wirkung anhält", wendet Fly ein.

„Und wir wissen auch nicht, welch hellseherische Fähigkeiten der böse Herr hat. Vielleicht durchschaut er unseren Plan und tötet Iri, " meint Lii.

„Oder er könnte Iri auf die Probe stellen und ihre hellseherischen Fähigkeiten testen. Dann würde Iri sofort auffliegen, da sie ja nur über sehr geringe Fähigkeiten dieser Art verfügt", wendet Storm ein. „Auch dann würde er Iri sicher töten."

„Und was wir auch überhaupt noch nicht gelöst haben ist die Frage, wie es Iri gelingen soll, den Zaubertrank an sich zu nehmen und damit den Herrn der Finsternis anzuschütten", gibt Elora zu bedenken. „Ich halte das für nahezu unmöglich und überaus gefährlich."

So werden noch einige Einwände vorgebracht, die alle durchaus zum Scheitern führen könnten.

Aber Iri ist wild entschlossen, ihren Beitrag zu leisten, um den Herrn der Finsternis für immer unschädlich zu machen. Der weitere Verlauf wird sich schon ergeben, sie wird sicher eine Möglichkeit finden, an den Zaubertrank heran zu kommen.

Die Freunde diskutieren noch lange und am Abend ist man sich dann einig, dass der Plan genauso durchgeführt wird. Eine bessere Idee wurde nicht gefunden.

Iri und der Magier

So sieht man dann am folgenden Tag also Melvine und Ankhara damit beschäftigt, ein Hexenfeuer anzuheizen, über dem Melvines Kupferkessel hängt. Wie sie es schafft, dieses Monstrum in ihren Rocktaschen unter zu bringen und ständig mit sich herum zu schleppen, weiß niemand und alle schütteln immer wieder verwundert deswegen die Köpfe. Das geht nicht mit rechten Dingen zu… Und tatsächlich hilft ihr auch hier ein kleiner Zauber dabei.

Lii spendet natürlich gerne ein wenig Drachenfeuer und im Nu brennt das Feuer heiß und lodernd. Abwechselnd geben Ankhara und Melvine diverse Zutaten in den Kessel, in dem sie den Tee für das Serum zubereiten. Ein angenehmer Duft steigt aus dem Kessel und Melvine bedauert es fast ein wenig, dass sie diesen Tee nicht trinken darf.

Nun öffnet sie den Flakon mit dem Serum und gibt eine gute Portion davon in den Tee. Sie lässt das Ganze noch 20 Minuten ziehen und füllt dann den Trank in eine Schüssel, die Iri mit einem einzigen Schluck austrinkt. Der Tee schmeckt köstlich und er verbreitet ein wohliges Gefühl im ganzen Körper.

Iri verabschiedet sich von den Freunden und zieht los, der Höhle des Magiers entgegen. Allen ist ziemlich unbehaglich zumute bei dem Gedanken, welches Abenteuer nun auf Iri wartet. Aber sie vertrauen darauf, dass sie, wie schon so oft, gemeinsam zu einem guten Gelingen beitragen werden.

Nur Lii, der noch nie ein richtiges Abenteuer mit den Freunden bestanden hat, ist es mehr als unbehaglich zumute. Er weiß nicht aus eigener Erfahrung, zu welchen Höchstleistungen die Freunde fähig sind. Am liebsten würde er selbst Iris Part übernehmen, um sie zu schützen. Aber natürlich versteht er, dass nur Iri das tun kann, weil es die Prophezeiungen so vorsehen.

Als Iri die Höhle erreicht, speit sie wie besprochen einen kräftigen Feuerstrahl zum Kessel des Magiers hin. Wie erwartet reagiert der Bösewicht ausgesprochen wütend und er fuchtelt wild mit den Armen, um seinem sogleich ausgesprochenen Zauberspruch Kraft zu verleihen. Alles verläuft nach Plan, der Zauberspruch zeigt keine Wirkung, Iri lacht ihr höhnischstes Gelächter, zu dem sie in der Lage ist, begleitet von kleinen Rauchwolken aus den Nasenlöchern.

Auch der Rest des Planes verläuft genau wie vorgesehen und als Iri ihm vorschlägt, ihm die fehlende Zutat zu besorgen, ist er bereits fest davon überzeugt, hier eine geniale Helferin für sein Vorhaben gefunden zu haben.

Nun kommt noch ein heikler Moment für Iri, denn sie muss die Spritzpistole verschwinden lassen, mit der der Herr der Finsternis Elora und Satu bespritzen will. Sie hat sie bereits in einer Ecke der Höhle entdeckt, sie liegt da ziemlich einladend herum. Aber jedes Mal, wenn Iri versucht, sich dieser Ecke zu nähern, schaut der Herr der Finsternis zu ihr hinüber, sodass es fast unmöglich scheint, unbemerkt diese Pistole verschwinden zu lassen.

Da hat Iri eine Idee und spricht den Magier an: „Sag mal, wenn ich so drüber nachdenke, dann könnte es dem Zaubertrank nicht schaden, wenn Du ihm ein paar Eicheln hinzufügst. Eicheln vervielfachen die Wirkung des Zaubers und bereits feinste Tröpfchen reichen dann aus, damit der Zauber einsetzt. Ich habe eben direkt vor der Höhle eine Eiche gesehen. Während Du die Eicheln sammelst, könnte ich mich ein wenig hinlegen und mich ausruhen, mein Flügel tut ziemlich weh.“

Begeistert greift der Magier diese Idee auf und verlässt die Höhle. Nun hat Iri freie Bahn und sie schnappt sich die Spritzpistole. Weil sie aber nicht die geringste Idee hat, wo sie sie verstecken könnte, schluckt sie sie einfach herunter. Für ihr großes Drachenmaul ist das überhaupt kein Problem. Und in ein paar Tagen wird sie sie einfach am anderen Ende wieder loswerden.

Der Herr der Finsternis ist so mit seinem Zaubertrank beschäftigt, dass er das Verschwinden der Spritzpistole vorerst nicht bemerkt. Am nächsten Tag ist es endlich soweit und der Zaubertrank ist fertig. Als er das Fehlen der Pistole bemerkt, ist er zwar sehr verwirrt, aber er vertraut Iri schon so sehr, dass es ihm nicht in den Sinn kommt, sie könne etwas damit zu tun haben.

Er fragt sie sogar um Hilfe: „Kannst Du bitte losfliegen und mir vom großen See eine Speilombra besorgen?"

Speilombras sind Schlangen, etwa so groß wie der Arm eines Mannes. Ihre Haut ist bunt gemustert und eigentlich sind sie wunderschön. Aber sie sind wirklich gefährlich. Sie wohnen im Wasser und haben sehr scharfe Giftzähne, mit denen sie sich gegen Feinde zur Wehr setzten. Und diese Zähne können auch ein ausgewachsenes Pferd töten.

Sie haben aber auch die besondere Eigenart, dass sie Ihren Körper fast völlig mit Wasser füllen können. Sie jagen ihre Beute, indem sie Lebewesen, die kein Wasser vertragen, wie z.B. Schmetterlinge, mit dem Wasser besprühen. So werden diese zur leichten Beute für die Schlangen.

Diese Eigenart möchte sich der Herr der Finsternis zu Nutze machen. Er denkt, wenn er sie in dem Zaubertrank untertaucht, dann wird sie diesen aufsaugen und er könnte sie dann wie eine Spritzpistole verwenden. Iri durchschaut diesen Plan sofort und muss das unter allen Umständen verhindern.

Sie kann ihn überzeugen, dass eine Speilombra zu gefährlich ist. Sie könnte sich blitzschnell umdrehen, und statt Elora ihn selbst bespritzen. Das leuchtet ihm ein.

Für Iri bietet sich so völlig unverhofft die Gelegenheit, ihm einen Vorschlag zu machen, der sie in den Besitz des Zaubertrankes bringt. Sie schlägt ihm vor, dass sie den Kessel mit in die Luft nimmt, und dann über der ganzen Gruppe auskippen wird. So würden mit einem Schlag nicht nur die Einhörner versteinert, sondern auch alle ihre Freunde unschädlich gemacht. Wer weiß, was den Zauberinnen sonst noch einfallen könnte, was den Zauber wieder aufhebt.

Iris Vorschlag gefällt dem Magier gut und so brechen er und Iri auf, um den Plan nun umzusetzen. Der Herr der Finsternis möchte sich das Schauspiel natürlich ansehen und so wird er sich an das Elfendorf heran schleichen und aus einem Versteck alles beobachten. Iri begleitet den Magier bis zu seinem Versteck und weiß daher natürlich, wo er sich aufhält.

Ankhara hat seit Iris Aufenthalt beim Magier keine Minute ihre telepathischen Antennen abgeschaltet und ist daher über alles auf dem Laufenden. Nun teilt sie den anderen Freunden mit, dass es jetzt losgeht und mit etwas Glück das Kapitel Herr der Finsternis nun sein Ende findet.

Wird es funktionieren?

Da Iri den Kessel mit der kompletten Flüssigkeit über dem Tal ausschütten wird, mussten natürlich Vorkehrungen getroffen werden, damit kein anderes Lebewesen außer dem Herrn der Finsternis etwas von dem Zaubertrank abbekommt. Denn der Zauber ist nicht rückgängig zu machen und wenn irgendein Wesen an den Lippen davon getroffen würde, wäre es verloren und für immer zu Stein verwandelt.

So haben Elora und ihre Freunde dafür gesorgt, dass sich kein Lebewesen mehr im Umkreis der Kristallhäuser von Elora, Melvine und den anderen Freunden im Freien aufhält.

Alle, selbst die Käfer, Würmer, Schnecken und anderes Kleingetier, sind nun in den Kristallhäusern und schauen gespannt aus den Fenstern.

Nur Satu und Elora stehen nun noch vor den Häusern und tun so, als ob sie äsen. Allerdings haben sie beide ganz fest die Lippen zusammen gepresst, damit auch wirklich kein Tropfen in ihr Maul gelangen kann.

Alle im Dorf sind sehr aufgeregt und nervös. Aber alle glauben auch daran, dass Iri es schaffen wird. Da sehen sie sie auch schon mit dem großen schwarzen Kessel in den Himmel aufsteigen. Sie dreht zwei große Runden und als sie wieder über dem Herrn der Finsternis schwebt, schüttet sie die Flüssigkeit über ihm aus. Er hat nicht die geringste Chance, diesem Regen zu entkommen und kaum dass die ersten Tropfen seine Lippen berühren, verwandelt er sich in Stein.

Eine große schwarze Krähe kommt aus dem nahen Wald geflogen und landet auf einem seiner Arme, die er noch klagend in die Höhe gereckt hat, als die ersten Tropfen ihn berührten. So sieht es aus, als wenn er nach dem Himmel greift, völlig harmlos wirkt er, niemand würde ahnen, welch böses Wesen einst in ihm steckte.

Die Krähe bleibt eine Weile auf ihm sitzen und als sie wegfliegt, hinterlässt sie noch schnell einen weißen Klecks. Iri amüsiert das sehr, sie denkt, das passt richtig gut zu ihm.

Aus der Höhe hat Iri bereits den Freunden zugerufen, dass der Plan geglückt ist und ein großer Jubel geht nun durch das Elfendorf. Die große Feier über das Ende des bösen Magiers dauert bis tief in die Nacht.

Unterdessen gibt es an den Felsen im Tal der Kolibris neue Bilder. Conway und Zenta haben sie bereits entdeckt und wissen daher schon, dass die Schreckensherrschaft des bösen Magiers endlich vorüber ist und ihre beiden Fohlen Jasta und Bubak nun gefahrlos aufwachsen können. Sie sind sehr erleichtert und freuen sich sehr darüber.

Und ein weiteres Bild ist an den Wänden erschienen, es zeigt zwei große Drachen, die gemeinsam ihre Runden drehen und es ist deutlich zu erkennen, dass sie ein Paar sind. Zenta und Con ahnen sofort, dass es sich hierbei um Iri handelt, die offenbar im Tal der Elfen einen Partner gefunden hat. Sehnsüchtig warten sie darauf, dass die Freunde aus dem Tal der Elfen zu ihnen zurückkommen, um Genaueres zu erfahren.

Wenige Tage nach dem erfolgreichen Ende ihrer Mission ist Aufbruch-Stimmung im Dorf. Lucky wird nicht wieder mit den Freunden auf die Reise gehen. Sie bleibt hier bei ihren Eltern und Geschwistern.

Auch Iri und Lii werden im Tal der Elfen bleiben, sich eine hübsche Höhle suchen und eine Familie gründen. Die Höhle, in der der Herr der Finsternis seinen Zaubertrank zubereitet hat, scheint hierfür ideal zu sein.

Lii ist mächtig stolz, so eine mutige Partnerin in Iri gefunden zu haben. Er verwöhnt sie so gut er es vermag und Iri genießt es, solch einen stattlichen und attraktiven Partner an ihrer Seite zu haben, der sie auf Händen trägt.

Ja, sie sind ein wirklich hübsches Paar. Iri in ihrem leuchtenden Grasgrün und Lii mit seinem pinkfarbenen Körper und den buntschillernden Flügeln. Im Stillen rätseln die Freunde bereits, welche Farbe ihre Kinder wohl haben werden, das wird richtig spannend.

Allen fällt der Abschied ziemlich schwer, denn sie haben sich hier wirklich ausgesprochen wohl gefühlt, wie zuhause eben. Wirklich nette Freunde haben sie hier gefunden und die bevorstehende Trennung tut weh. Es ist ein wildes Geknuddel, bis sich jeder von jedem verabschiedet hat. Aber irgendwann ist dann doch der Zeitpunkt gekommen.

Nun machen sich die Freunde auf den Rückweg. Ein weiter und gefährlicher Weg liegt vor ihnen. Denn auch, wenn die Schreckensherrschaft des Herrn der Finsternis nun für immer beendet ist, so gibt es doch außerhalb des Tals der Elfen nach wie vor all die gefährlichen Wesen, denen Sie bereits auf dem Hinweg begegnet sind. Allerdings kennen sie diese ja nun bereits und so können sie sich auf die Begegnungen vorbereiten, bzw. durch entsprechende Wachsamkeit und eventuelle Umwege eine Begegnung ganz vermeiden.

Was sie allerdings nicht wissen ist, dass Paschandrus noch immer in der Hügellandschaft, wo die Ziegenbauern leben, auf sie wartet.

Aber wiederum kommt ihnen ein glücklicher Zufall zu Hilfe. Gerade an dem Tag, als sie wieder durch dieses Gebiet ziehen, ist Paschandrus nicht anwesend. Er wollte eigentlich an diesem Tag unter den Bäumen in der Hügellandschaft ein paar Zauberkräuter sammeln und war gerade dabei, seinem bockigen Esel die Satteltaschen umzuhängen, als dieser sich losriss und so schnell er konnte das Weite suchte. In den Satteltaschen waren aber ein paar sehr wichtige Zauberutensilien und so war Paschandrus nun gezwungen, seinen Esel zu suchen. Unbehelligt von ihm können die Freunde so dieses Gebiet durchqueren.

Nach vielen Tagen und Nächten ist es dann soweit und alle treffen wohlbehalten und ohne nennenswerte Zwischenfälle bei Con und Zenta ein. Die Wiedersehensfreude ist groß und die beiden inzwischen halbwüchsigen Einhorn-Fohlen Jasta und Bubak sind völlig fasziniert von Eloras bunter Mähne. Sie finden, in Wirklichkeit ist sie noch viel schöner, als sie es sich bei den Beschreibungen ihrer Eltern je vorstellen konnten.

Nach ein paar Tagen Rast im Tal der Kolibris brechen dann alle auf, um zum Einhornwald, der Heimat von Melvine und Elora, zurück zu kehren.

So kommt es, dass einige Zeit später ein Einhorn-Fohlen über die Wiese vor Melvines Hütte tobt.

Ein Hops und *platsch* landet es genau in dem kleinen Bach, der quer durch die Wiese fließt. „Blubber grrr, so ein Missgeschick!" Jasta blickt verdutzt, aber das Wasser ist nicht unangenehm. Es umschmeichelt den kleinen Körper wie Streicheleinheiten und es glitzert dabei fein silbern. „Mami, was ist das? Es ist toll!" ruft Jasta. Ihr Bruder Bubak steht am Ufer und kann sich kaum halten vor Lachen…

ENDE

Figuren-Beschreibung:

Ambria: Eine Mischung aus Fee und Elfe. Sie kann sich unsichtbar machen und zaubern, außerdem kann sie in die Zukunft sehen. Sie hat Flügel wie Elfen, ist ca. 1 m groß. Sie trägt ein langes Kleid mit weitem Rock aus knisterndem hellblauem Stoff mit pastellfarbener Spitze. Ihre Flügel sind größer als die von Elfen und schillern regenbogenfarben. Ihr Gesicht wird umrahmt von langen, pechschwarzen Haaren mit großen Locken bis hinunter zur Hüfte.

Ankhara: Zauberin, sehr klein, nur 1,50 m hoch. Sie hat lange schwarze Haare, grüne Augen. Ihre Kleidung besteht aus altertümlichen ägyptischen Gewändern, hauptsächlich in blau-schwarz. Um den Hals trägt sie einen goldenen Skarabäus. Am Gürtel ist ein Samtbeutel befestigt, in welchem sich unter anderem ihre Rätselkäfer befinden, die ihr schon oftmals geholfen haben. Sie hat ganz besondere telepathische Fähigkeiten.

Babakon: Elfenkind vom Kristallhäuschen am Wegesrand, Bruder von Ephany, Barika und Gomeris.

Bakula: Elfenmutter vom Kristallhäuschen am Wegesrand, Mutter von Barika, Ephany, Babakon und Gomeris, Ehefrau von Frakul

Barika: Elfenkind vom Kristallhäuschen am Wegesrand, Schwester von Ephany, Babakon und Gomeris.

Bubak: Das schneeweiße Einhorn-Hengstfohlen von Con und Zenta, der Zwillings-Bruder von Jasta.

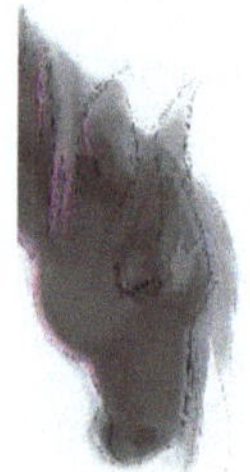

Conway: Ein schwarzer Hengst, der mal ein weißes Einhorn war. Seine Eltern gaben ihm mit einem Schutzzauber gegen den Herrn der Finsternis ein schwarzes Fell, - gerade rechtzeitig, bevor dieser sie beide tötete. Er erkannte in dem schwarzen Fohlen tatsächlich kein Einhorn und so überlebte Conway. Später wurde er von einer Zenturie seines Horns beraubt, bekam es aber mit Hilfe der Freunde zurück. Seine Freunde nennen ihn Con.

Der Herr der Finsternis: Ein Magier der dunklen Macht, eine mächtige Gestalt, ca. 2,30 m groß. Furchterregend, mit einem langen dunkelbraunen Leder-Mantel, an dessen Schulterpartie merkwürdige Hörner nach oben stehen. Die Augen der Gestalt leuchten unwirklich gelbgrün.

Elora: Ein weißes Einhorn-Fohlen mit regenbogenfarbener Mähne und Schweif, das Horn ist gedreht und aus Elfenbein.

Ephany: Elfenkind vom Kristallhäuschen am Wegesrand, Schwester von Bakula, Barika, Babakon und Gomeris.

FEEnzauberin: Sie ist eine etwa handgroße Elfe. Sie hat hüftlanges, gold-braunes, welliges Haar. Ihre klitzekleinen Flügel leuchten in allen Farben des Spektrums. Zaubern kann sie gut, hat jedoch keinen klassischen Zauberstab. Ihr reicht allein ihre Gedankenkraft. Sie kann mit ihrem Glitzerpulver schöne Erlebnisse und Glücksgefühle herbeizaubern. Für ihre immerhin 360 Jahre sieht sie sehr jung aus, in menschlichem Zählwerk wirkt sie wie ca. 36 Jahre.

Fly: Eine Baumfee, ca. 1,50 Meter groß, schläft am liebsten hoch oben in der Astgabel eines Baumes.

Sie ist schlank und sieht relativ jung aus, was aber trügt. Sie hat schon 225 Jahre auf dem Buckel.

In ihrem Haar sind immer irgendwelche Pflanzen zu finden: Blumen, Blätter, manchmal ganze Zweige oder Ranken. An Ihrem Gewand hat sie lange Bänder befestigt, die stets lustig im Wind flattern. Eine Efeuranke dient ihr als Gürtel, daran hat sie einen Lederbeutel befestigt, in dem sie Ihre Kräuter und Zauberutensilien mit sich herumträgt. Sie kann von allen am besten kombinieren. Schuhe trägt sie nie.

Frakul: Elfenvater vom Kristallhäuschen am Wegesrand, Vater von Barika, Ephany, Babakon und Gomeris, Ehemann von Bakula.

Gomeris: Elfenkind vom Kristallhäuschen am Wegesrand, Bruder von Ephany, Barika und Babakon.

Iri: Im ersten Band war sie ein süßes, kleines Drachen-Mädchen, froschgrün mit kleinen Flügelchen. Über ihren langen Schwanz und auch über den ganzen Rücken ziehen sich spitze Zacken. Anfangs ca. 1 m groß, total tollpatschig und niedlich. Innerhalb eines Jahres war sie zu einem stattlichen Drachen mit riesigen Flügeln heran gewachsen, mit einem mächtigen Drachenfeuer.

Isis: Eine von Ankharas Katzen. Sie ist wie ihr Bruder Osiris keine gewöhnliche Katze. Sie kann sprechen, verfügt über Zauberkräfte und ist schneller als jeder Gepard. Mit wenigen Sprüngen auf ihren weichen Katzenpfoten überwindet sie mehrere hundert Meter.

Jasta
Ein schneeweißes Einhorn-Stutenfohlen von Con und Zenta, die Zwillings-Schwester von Bubak.

Knorpel-Drache: viel kleiner als Iri, hat rote Haut mit braunen, hügeligen Flecken, aus denen kleine Haarbüschel wachsen. Er hat sehr kleine Flügel, einen riesigen Kopf, das Maul ist übersäht mit mehreren Reihen scharfer Zähne. Aus den Nasenlöchern steigt bräunlich grüner Rauch auf, der sehr seltsam stinkt, nicht wie normaler Rauch, der durch Feuer entsteht. Er hat sechs Beine, die vorderen haben längere Krallen als die anderen, mit scharfen Zackenkanten wie Scheren.

Lii: Der Glücksdrache aus dem Tal der Elfen. Seine Schuppen glitzern und bringen Glück.

Macbeah: eine total lustige Koboldin aus dem ersten Buch, ca. 1 m groß, grüngelbe schulterlange Haare mit vielen darin eingeflochtenen Zweigen. Ihre Augen blitzen grün und die Nase ist steil nach oben gebogen und um einiges länger als "normal". Ihr Gesicht schaut immer ein wenig spitzbübisch drein und sie hat immer gute Laune. Mit ihren Scherzen sorgt sie stets für viel Gelächter.

Bereits durch ihre witzige Erscheinung mit der weiten grüngestreiften Pluderhose löst sie fröhliche Stimmung aus und immer muss man darauf gefasst sein, das etwas total Verrücktes passiert.
Ihre Hose hat viele Taschen, in denen sie allerlei Zeug mit sich herumschleppt. Schuhe trägt sie nicht, damit sie das Kitzeln an den Füßen spürt, an jedem Fuß hat sie sieben Zehen.

Malonka: Eine Schneckendame mit einem riesigen Haus aus Perlmutt auf dem Rücken. Sie kann wundervoll Geschichten erzählen.

Melvine: Zauberin, eine kleine, ziemlich mollige und leicht schusselige Menschen-Person. Sie ist etwa 50 Jahre alt, so genau weiß sie das nicht, sie hat nicht mitgezählt.
Sie hat schwarze, schulterlange Wuschellocken, meist von einem geblümten Kopftuch oder einem spitzen schwarzen Zauberhut mit großer Krempe bedeckt. Sie trägt stets einen bodenlangen, weiten Rock mit vielen lockeren Falten. In diesem Rock sind mehrere große Falten-Taschen, in denen sie unsagbar viele nützliche Dinge unterbringen kann, die sie ständig mit sich herumschleppt. Der Rock hat eine Zauberfunktion und alles,

was sie in seine Taschen steckt, wird zu Miniaturen. Sobald sie es wieder herausholt, hat es wieder die ursprüngliche Größe.

Mellock: Der Wurzel- oder Kräutergnom ist etwa einen halben Meter groß und sehr alt (500 Jahre). In seinem Gesicht kann man sein Alter erkennen, er ist aber dennoch nicht geschwächt und gebrechlich. Er kann selbst die seltensten Kräuter und Blüten aufzuspüren.
Er trägt eine Jacke und eine Hose aus grobem Leinen in grüner Farbe und natürlich einen Schlapphut aus dem gleichen Stoff. In der braunen Tasche mit dem langen Henkel, die er um seinen Körper trägt, verstecken sich so einige Dinge. Er stützt sich gerne auf seinen wunderschönen, gedrehten Gehstock und raucht seine aus Wurzeln angefertigte Pfeife. Er hat wunderschöne grüne Augen voller Glanz.

Mukato: Mäuse-Papa mit 25 Kindern und Ehemann von Surina.

Nemro und **Bertrac**: Wasserlinge. Sie sehen aus wie winzige kleine Menschenkinder, haben aber alle merkwürdig alte Gesichter.

Osiris: Ankharas pechschwarzer sprechender Kater.
Wie Isis ist er keine gewöhnliche Katze. Er verfügt über Zauberkräfte und ist schneller als jeder Gepard. Mit wenigen Sprüngen auf seinen weichen Katzenpfoten überwindet er mehrere hundert Meter.

Paschandrus: Ein Zauberer der dunklen Magie. Ein hagerer Mann mit menschlicher Gestalt. Er trägt einen dünnen braunen Mantel, der ihm bis zu den Knöcheln reicht. Auf dem Kopf trägt er einen breitkrempigen, ebenfalls braunen Hut mit einer enorm langen Spitze. Um die Hüfte hat er eine dicke dunkelgrüne Kordel gebunden, an der ein Beutel hängt, in dem er seine Zauberutensilien aufbewahrt.

Rinka Ein Mäusekind von Mukato und Surina. Sie hat neun Schwestern und 15 Brüder.

Satu: Ein weißes, halbwüchsiges Einhorn-Fohlen mit orangefarbener Mähne und Schweif. Das Horn ist ebenfalls wie das von Elora gedreht und aus Elfenbein.

Spiluscha: eine kleine Spinne, die sehr feste Spinnennetze spinnen und Gedanken lesen kann. Außerdem kann sie drohende Gefahr spüren und erkennen, wovon diese ausgeht. Ihre Spinnennetze können verschiedene Eigenschaften haben.

Storm: Flys Eichhorn-Mädchen mit einem sehr buschigen Schwanz, den sie am Liebsten den Personen um das Gesicht windet, auf deren Schultern sie gerade sitzt.

Surina Mäusemama mit 25 Kindern und die Ehefrau von Mukato.

Sylpharo: Ein Körperwandler von einem anderen Planet, mehrere tausend Jahre alt. An Land ca. 30 cm groß, ähnelt ein wenig einem Frosch. Seine Haut ist lederartig und mit vielen kleinen Pusteln übersät. Auch sein Gesicht ähnelt eher dem von einem Frosch, aber sonst wirkt alles menschlich. Er hat Arme und Beine wie ein Mensch, nur die Beine sind unverhältnismäßig lang und ziemlich dick.

Er trägt eine knallrote, ganz eng anliegende Hose und ein grünes Hemd mit gelbem Kragen. Seinen Kopf ziert ein brauner Hut mit einer großen Krempe und einer hübschen Bordüre, an der er verschiedene Dinge aus Gold, Silber und Edelsteinen befestigt hat. Eine große flaumige Feder steckt dazwischen.
Im Wasser ist er ein Frosch und hier fühlt er sich wohler als an Land.

Theklaris: Wächterin des Raumschiffes in der Gestalt einer Wasserschlange, ca. 25 cm lang. Weißer Körper mit einem türkisfarbenen Zickzack-Muster. Ihre Augen sind nicht wie bei anderen Schlangen schlitzförmig, sondern kreisrund und die Pupillen sind lilafarben und leuchten seltsam. Mit diesen Augen kann sie Wesen hypnotisieren, die ihr in die Augen sehen.

Triodario: Ähnelt einem zu groß geratenen Hängebauch-Schwein mit seltsam kurzen Beinen und mächtigen Hufen. Allerdings passt der Kopf nicht dazu. Dieses Monstrum hat gleich drei lange Hälse, die sich wie Schlangen winden. Und auf jedem dieser Hälse sitzt ein eiförmiger Kopf, auf dem rundherum sechs giftgrüne kugelrunde Augen verteilt sind. Wo bei diesem Kopf vorne ist, erkennt man nur an dem langen sichelförmigen Schnabel.

Ugara: Ein Marajello, ein gutartiges Geschöpf, ungefähr in der Größe eines Elefantenbabys. Es hat einen massigen Rumpf, aber sehr kurze Beine. Auch der Rüssel, den es am Kopf hat, ähnelt sehr dem eines Elefanten, ist aber sehr viel länger. Damit es sich beim Laufen nicht selber auf den Rüssel tritt, wickelt es diesen mehrmals wie einen Schal um den Kopf, was ziemlich lustig aussieht.

Whoever / Lucky: Eine zierliche Elfe, die durch die Welt wandert, um Erkenntnisse und Erfahrungen zu sammeln und weiterzugeben. Nur im Tal der Elfen darf sie ihren richtigen Namen „Lucky" tragen. Außerhalb des Tales müssen alle Elfen dieses Tales ein Pseudonym verwenden. Lucky trägt ein grünes leichtes Kleid, ist etwas verträumt und hat schulterlange dunkle Haare. Auch sie kann mit ihrem Glitzerpulver schöne Erlebnisse und Glücksgefühle herbeizaubern.

Zenta: eine reinweiße Einhorn-Dame, die vor vielen Jahren vom Herrn der Finsternis mit einem Bann belegt wurde, wodurch sie zu einer bösen Zenturie wurde. Die Zenturie hatte einen Pferdekörper mit einem Frauenhals und -Kopf, der zuunterst mit Fell bewachsen langsam in menschliche Haut überging. Der Bann ließ sie viele böse Dinge tun, was ihr im Innersten tief zuwider war, da sie im Herzen immer noch ein Einhorn war. Nach einigen Abenteuern gelang es Elora und ihren Freunden, den Bann zu brechen und sie verwandelte sich zurück in ein wunderschönes weißes Einhorn. Sie und Conway sind nun ein Paar und sind im Tal der Kolibris zurück geblieben, wo sie süße Zwillinge bekommen.

<u>**Schlusswort:**</u>

Ich, die Autorin Renate Schweitzer, freue mich über Dein Feedback.

Du kannst mit mir Kontakt per Email aufnehmen unter:
elora.einhorn@yahoo.de
Oder über facebook:
https://www.facebook.com/groups/ElorasEinhornfreunde/

Ich antworte auf jeden Fall, versprochen!

Ich betreibe auch eine Website unter dem Namen
www.einhorn-und-elfe.de.vu

Renate Schweitzer

<u>**Autorenvita**</u>

Renate Schweitzer wurde 1955 in Stuttgart geboren und ist Hobby-Künstlerin und -Schriftstellerin. Für ihre Bilder und den Schmuck ist sie bekannt unter dem Namen Alanja. Bereits als Kind gehörte es zu ihren liebsten Beschäftigungen, kreative Dinge anzufertigen, zu malen und Geschichten zu schreiben.

Als gelernte Bauzeichnerin arbeitet sie mit CAD-Programmen am Computer, seit vielen Jahren nutzt sie ihren beruflich notwendigen PC in ihrer Freizeit dafür, mit verschiedenen Grafik-Programmen Kunstwerke zu erschaffen oder sich schriftstellerisch zu betätigen.

Ihre Kunstwerke hat sie in mehreren Ausstellungen der Öffentlichkeit gezeigt, auch nimmt sie immer wieder an verschiedenen Märkten teil.

Ihre Liebe zu Elfen, Kobolden und Einhörnern brachte sie in ihrem Märchen „Elora, das regenbogenbunte Einhorn" zum Ausdruck, das 2007 in einer Kleinauflage erschien und innerhalb kurzer Zeit ausverkauft war. 2015 wurde er in einer zweiten Auflage wieder veröffentlicht und 2016 veröffentlichte sie den Fortsetzungs-Band hierzu unter dem Namen "Elora im Tal der Elfen".

2010 veröffentlichte sie einen Reisebericht von einem Urlaub in der Dominikanischen Republik mit dem Namen "last minute in die Karibik". Außerdem hat sie ein vegetarisches Kochbüchlein geschrieben, das allerdings nicht über den Buchhandel erhältlich ist.

Renate Schweitzer ist seit 1990 glücklich verheiratet und wohnt mit ihrem Mann in einem kleinen Dorf im Allgäu, zwischen Kempten und Kaufbeuren, ihrer Wahl-Heimat.

Sie liebt die Berge und mag es zu reisen und gut zu essen, wobei ihre Kost seit 2004 rein vegetarisch ist – aus Achtung vor Gottes Geschöpfen.

Fan-Artikel

Der erste Band:

„Elora, das regenbogenbunte Einhorn" ist in einer Erstauflage 2007 erschienen. Eine zweite und dritte Auflage folgten. Inzwischen ist das Buch unter der ISBN 9783738635409 im Handel erhältlich.
Wer gerne eine von mir signierte Ausgabe möchte, kann diese direkt bei mir unter folgender Emailadresse bestellen:
Elora.einhorn@yahoo.de

Sammlerstücke:

Mini-Schoko-Täfelchen mit den Motiven aus diesem Buch bekommst Du über die Website: www.kunst-und-schokolade.de
Ein hübsches Präsent z.B. für einen Kindergeburtstag.

In Handarbeit fertige ich Elfen-Laternchen sowie Miniatur-Parfum-Flakons für Elfen als Schmuck oder als Dekoration an. Außerdem gibt es verschiedene Amulette mit den Schlüsseln aus Buch eins und zwei sowie weitere hübsche Fan-Artikel.

Du bekommst diese über meinen
DaWanda-Shop: http://alanja2012.dawanda.com

Der Illustrator der Bilder, die in diesem Buch enthalten sind, fertigt auf Bestellung auch wunderschöne Filzfiguren an. Lass Dir von ihm Elora, eines der Mäuslein, oder welche Figur auch immer Du bevorzugst, filzen. Schau auf meine Website www.kunst-und-schokolade.de oder sieh Dir seine Arbeiten auf seiner Website oder facebook an und nimm direkt dort mit ihm Kontakt auf:

Roland Schamberger
Website: http://atelier-roland-schamberger.de
Email: scharol-art@web.de
Facebook: https://www.facebook.com/roland.schamberger.3.

Sonderwünsche sind willkommen.